আশীরো

সম্পা চ্যাটার্জী

Copyright © Sampa Chatterjee
All Rights Reserved.

This book has been published with all efforts taken to make the material error-free after the consent of the author. However, the author and the publisher do not assume and hereby disclaim any liability to any party for any loss, damage, or disruption caused by errors or omissions, whether such errors or omissions result from negligence, accident, or any other cause.

While every effort has been made to avoid any mistake or omission, this publication is being sold on the condition and understanding that neither the author nor the publishers or printers would be liable in any manner to any person by reason of any mistake or omission in this publication or for any action taken or omitted to be taken or advice rendered or accepted on the basis of this work. For any defect in printing or binding the publishers will be liable only to replace the defective copy by another copy of this work then available.

Ashiro

A Collection of Bengali stories

By Sampa Chatterjee

প্রকাশকাল- মে, ২০২২

গ্রন্থস্বত্ব- লেখিকা

প্রচ্ছদ- অর্ণব চক্রবর্তী

প্রকাশক- নেট ফড়িং

সর্বস্বত্ব সংরক্ষিত- নেট ফড়িং

প্রকাশক এবং স্বত্বাধিকারীর লিখিত অনুমতি ছাড়া এই বই এর কোন অংশেরই পুনরুৎপাদন বা প্রতিলিপি করা যাবে না, কোনও গ্রাফিক, ইলেকট্রনিক মাধ্যম অর্থাৎ তথ্য সংরক্ষণের যান্ত্রিক কোনও পদ্ধতির মাধ্যমে কপি বা পুনরুৎপাদন করা যাবে না।

বিষয়বস্তু

উৎসর্গ	vii
1. একগুচ্ছ লাল গোলাপ	1
2. ভালোবাসা ভালোবাসা	6
3. ঠিক যেন লাভ স্টোরী	11
4. ভালোবাসার উপহার	18
5. অঙ্গীকার	23
6. জাদু কি ঝাপ্পি	28
7. পরশ	33
8. তোমায় আমায় মিলে	37
লেখক পরিচিতি	45
ফড়িং কথা	49

• v •

উৎসর্গ

মা শ্রীমতি গোপা চ্যাটার্জীকে

1

একগুচ্ছ লাল গোলাপ

(রোজ ডে স্পেশাল)

সকাল থেকে মেজাজটা বিগড়ে আছে রাইয়ের। ভোর ছ'টার থেকে উঠে সে কাজ, রান্না এসব করে যাচ্ছে। মালতিদি থাকলে এতো ঝামেলা হতো না। কিন্তু মালতিদির স্বামী অসুস্থ থাকায় কয়েকদিন থেকে মালতিদিও ছুটি নিয়েছে। তার মধ্যে আবার আজ অফিসে মিটিং আছে তাই সকাল দশটার মধ্যে অফিস এ ঢুকতে হবে।

রাই আর আদিত্য দুজনে শিলিগুড়িতে থাকে একটা ছোটো ফ্ল্যাট এ। রাই বালুরঘাট এর মেয়ে, যদিও চাকরীসূত্রে সে বেশ কয়েকবছর থেকে শিলিগুড়িতে থাকছে।

আদিত্য আগে মালদার ওদিকে একটা প্রাইভেট অফিস এ চাকরি করতো। তখন সে বাড়ি থেকেই যাতায়াত করতো। আদিত্যর সাথে রাই এর পরিচয় শিলিগুড়িতে। সেখানে একটা অফিস পার্টি তে আদিত্য আর রাই দু'জনেই গিয়েছিল। প্রথম দেখাতেই দু'জনের দু'জনকে ভালো লেগে যায়। তারপর আস্তে আস্তে সেই ভালোলাগা ভালোবাসায় পরিণত হয়। তারপর প্রায় দেড় বছর আগে দুই পরিবারের সকলের অনুমতি নিয়েই তারা বিয়ে করে। বিয়ের পরে তারা শিলিগুড়িতে একটা বাড়ি ভাড়া নিয়ে থাকতো। আদিত্য শনিবার করে আসতো আবার সোমবার চলে যেতো। এভাবে চার মাস চললো। এদিকে আদিত্যরও শিলিগুড়ির কাছাকাছি একটা অফিসে ট্রান্সফার হয়। পরে তারা শিলিগুড়িতে একটা ছোটো ফ্ল্যাট কেনে। বিয়ের পর যে বাড়িতে ভাড়া থাকতো মালতিদি সেখানে কাজ করতো, সেখান থেকে রাইদের ঘরেও

কাজ শুরু করে। পরে ওরা ফ্ল্যাট এ চলে আসলেও মালতিদি কে ছাড়েনি।

বিশেষ করে রাই এর তো মালতিদি কে ছাড়া চলেই না। বিয়ের পর থেকে এই প্রথম রাই একা হাতে সংসার সামলাচ্ছে। কোনো রকমে সব কাজ সেরে, স্নান করে, নিজের টিফিন আর আদিত্যর খাবার গুছিয়ে রাই বেডরুমে এসে দেখে আদিত্য তখনো ঘুমোচ্ছে। রাই এর আরো রাগ হতে থাকে। বিয়ের পর প্রথম প্রথম আদিত্য কতো হেল্প করতো সব কাজে, আর এখন... সে তো জানে যে মালতিদি আসছে না। তাহলে?

মনে মনে এসব ভাবতে ভাবতে রাই দ্রুত রেডি হতে থাকে। একবার ভাবে আদিত্যকে ডাকবে, পরে আবার ভাবে যে, আজকে তো ওর অফিসের অফ ডে। সারা সপ্তাহে তো অনেক পরিশ্রম যায়। ঘুমোচ্ছে ঘুমাক, এই ভেবে একটি চিরকুটে “খাবার ডাইনিং টেবিলে ঢাকা দেওয়া আছে” এটা লিখে আদিত্যর মোবাইল দিয়ে সেটা চাপা দিয়ে রাই বেড়িয়ে যায়।

রাই নিজের স্কুটি নিয়েই যাতায়াত করে। আজকে রাস্তায় জ্যাম থাকায় অফিস পৌঁছতে একটু দেরী হয়ে যায়। ততক্ষন এ মিটিং শুরু হয়ে গেছে। সেজন্য তাকে বস এর কাছে কথাও শুনতে হয়।

আজকে সারাদিন এতো কাজের চাপ ছিল যে আদিত্যকে একটা ফোনও করতে পারেনি রাই। অফিস থেকে বের হয়ে ভাবলো যে আদিত্যকে একটা ফোন করবে, তাকে বলবে অফিসের কাছাকাছি চলে আসতে। এখানে ভালো চাইনিজ খাবার পাওয়া যায়। এখানে কিছু একটা খেয়ে ফিরবে। আজকে যতটা tired হয়ে গেছে বাড়ি গিয়ে আর রান্না করতে ইচ্ছা করছে না। এটা ভাবতে ভাবতে রাই ফোনটা হাতে নেয়।

ও দিদি এই গোলাপগুলো নাও না গো। দাদাকে দিলে দাদা খুব খুশি হবে। রাই তাকিয়ে দেখে একটা বাচ্চা ছেলে এক থোকা লাল গোলাপ হাতে দাঁড়িয়ে আছে। রাই জিজ্ঞাসা করলো হঠাৎ দাদাকে কেন গোলাপ দিতে যাবো?

ওমা তুমি এটাও জানো না, আজকে তো রোজ ডে, আজকে ভালোবাসার মানুষদের গোলাপ দিতে হয়।

এতো কাজের ঝামেলায় রাই সত্যিই ভুলে গিয়েছিলো যে আজকে রোজ ডে, অথচ আদিত্যর সাথে যে বার প্রথম আলাপ হয়েছিল, সেবার কতো দূর থেকেও আদিত্য তাকে গোলাপ দেওয়ার জন্য এসেছিল। আর আজকে সারাদিন একটু কথা পর্যন্ত হল না।

-ও দিদি, নাও না গো।

-আগে বল তুই কি করে জানলি যে, আজকে ভালোবাসার মানুষদের গোলাপ দিতে হয়?

-মা বলেছে। আগে তো প্রতি বছর মা গোলাপ বিক্রি করতো।

এবার বাবা খুব অসুস্থ তো, তাই মা আসতে পারেনি। তাই আমি নিয়ে আসলাম গো দিদি। আমাদের বাড়িতে যতগুলো গোলাপ ছিল সব নিয়ে এসেছি। কিন্তু আমি ছোটো বলে আমার থেকে কেউ নিচ্ছে না। তুমি নেবে গো। সারাদিন ঘুরে ঘুরে খুব খিদে পেয়ে গেছে।

রাই বাচ্চাটার মাথায় হাত বুলিয়ে দিয়ে বলে- এই সবগুলো গোলাপ আমায় দে। ব্যাগ থেকে একটা ২০০০ টাকার নোট বের করে ছেলেটার হাতে দেয় রাই। ছেলেটা টাকাটা হাতে নিয়ে বলে, আমার কাছে তো টাকা নেই, তোমাকে বাকি টাকা কিভাবে ফেরত দেবো। রাই বললো এই সব টাকা তোর, আমাকে দিতে হবে না।

-তোর নাম কি?

-আকাশ।

-বাহ্, খুব সুন্দর নাম তো? তুই কোন ক্লাস এ পড়িস?

-আমি তো পড়ি না দিদি, বাবা অসুস্থ থাকে তো, বাবাকে আমি দেখাশোনা করি। মা বাড়ি বাড়ি গিয়ে কাজ করে।

কথাটা শুনেই রাই এর মালতিদির কথা মনে পড়ে যায়। তোর মায়ের নাম কি?

-মালতি সরকার।

মালতিদি এতো অসুবিধা সত্ত্বেও কিভাবে হাসিমুখে সব কাজ করে সেটা ভেবে রাই এর চোখে জল চলে আসে।

-তুই মালতিদির ছেলে?

-তুমি আমার মাকে চেনো দিদি?

-উহু, দিদি নয় আন্টি। আমি তোর মাকে চিনি। তোদের বাড়ি এখান থেকে কতদূর?

-এই তো সামনেই।

-ঠিক আছে উঠে আয়, বলে রাই স্কুটিতে উঠে বসে।

-যাওয়ার পথে দোকান থেকে কিছু খাবার নিয়ে যায়। মালতিদির সাথে দেখা করে সব খবর নেয়। আর বলে আকাশকে এভাবে স্কুল বাদ দিয়ে রাখা উচিত না। সব কিছুর পরে এই সিদ্ধান্ত হয় যে, মালতিদি কালকে থেকে তার হাসব্যান্ড আর ছেলেকে নিয়ে রাইদের ফ্ল্যাট এ থাকবে। তাহলে রাই-

এরও অসুবিধা হবে না আর আকাশও স্কুলে যেতে পারবে। আর মালতিদির হাসব্যান্ড-এরও অসুবিধা হবে না।

প্রথমে মালতিদি কিছুতেই রাজি হচ্ছিলো না। মালতিদিকে অনেক কষ্টে বুঝিয়ে রাজি করে রাই। শেষে মালতিদি বলে আমি তোমার বাড়িতে কাজ করে যে টাকাটা পেতাম ওটা দিয়েই ঘর ভাড়া দিতাম। এখন যখন তোমার বাড়িতে থাকবো তাহলে ওই টাকাটা আমি নিতে পারবো না দিদি। রাই মালতিদির আত্মসম্মানটা বোঝে, সেও এই প্রস্তাবে রাজি হয়।

মালতিদির বাড়ি থেকে বের হতে প্রায় রাত ন'টা বেজে যায় রাই এর। ফোনটা হাতে নিয়ে দেখে যে আদিত্যর অনেক গুলো মিসড় কল। আসলে মিটিং এর সময় ফোনটা সাইলেন্ট মোড এ রেখেছিলো রাই, পরে অফিস থেকে বের হয়ে আকাশের সাথে দেখা আর তারপর এতো কিছুর মধ্যে ফোনের কথা মনেই ছিলো না রাই এর।

তাড়াতাড়ি আদিত্যকে ফোন করে রাই। কিন্তু মালতিদি যে এলাকায় থাকে সেখানে নেটওয়ার্ক এর প্রবলেম থাকায় ফোন লাগছিল না। রাই আর অপেক্ষা না করে তাড়াতাড়ি বাড়ির উদ্দেশ্যে রওনা দেয়। আকাশ এর থেকে নেওয়া গোলাপগুলোও সাথে নেয়।

বাড়ি পৌঁছে দেখে গেট লক। নিজের চাবি দিয়ে তালা খুলে ঘরে ঢুকে দেখে সব অন্ধকার। তাহলে আদিত্য কোথায়?

ভাবতে ভাবতে লাইট জ্বালাতে যাবে এমন সময় দুটো জায়গায় লাইট জ্বলে ওঠে। রাই লক্ষ্য করে দুটো জায়গার একটা জায়গায় সে আর একটা জায়গায় আদিত্য দাঁড়িয়ে আছে। ধীরে ধীরে আদিত্য তার কাছে এগিয়ে আসে, হাঁটু গেড়ে বসে একগুচ্ছ লাল গোলাপ রাই এর হাতে দেয়। হ্যাপি রোজ ডে, অনেক ভালোবাসি সোনা। সারাজীবন এভাবে সুখে-দুঃখে আমার পাশে থেকো।

এবার সব লাইটগুলো জ্বলে ওঠে। রাই কিছু বলতে যাচ্ছিলো, আদিত্য তার ঠোঁটে হাত দিয়ে, তার হাত ধরে টেনে নিয়ে যায় ডাইনিং টেবিলের দিকে।

রাই এর চোখে জল চলে আসে। সে তো ভাবছিলো যে আদিত্য হয়তো সব ভুলে গেছে। সেটা লক্ষ্য করে আদিত্য বলে আমি ইচ্ছা করেই সকালে উঠিনি। তোমাকে সারপ্রাইজ দেবো ভেবেছিলাম, তাই তোমার অফিস এ যাওয়ার অপেক্ষা করছিলাম। কিন্তু তুমি অফিস থেকে ফিরতে দেরী করছিলে দেখে আমার খুব চিন্তা হচ্ছিল। কতবার ফোন করেছি দেখো। তোমাকে ফোনে না

পেয়ে তোমার অফিসের সামনে যাব ভাবছিলাম। বের হওয়ার ঠিক আগে বাড়ির সামনে তোমার স্কুটির আওয়াজ শুনলাম। তখন সব লাইটগুলো অফ করে তোমার জন্য অপেক্ষা করছিলাম।

রাই আদিত্যকে জড়িয়ে ধরে। আসলে আমি মিটিং এর সময় ফোনটা সাইলেন্ট মোড এ রেখেছিলাম। তারপর অফিস থেকে বেরিয়ে... আদিত্য রাইকে থামিয়ে দিয়ে বলে, এখন কোনো কথা না। আগে খেয়ে নাও। তারপর দু'জনে দু'জনকে খাইয়ে দেয়। আদিত্য যে নিজে হাতে রাই এর পছন্দের সব জিনিস রান্না করেছে এটা ভেবেই রাই এর খুব আনন্দ হচ্ছে।

রাই এবার ব্যাগ থেকে আকাশের কাছ থেকে নেওয়া গোলাপগুলো আদিত্যকে দেয়। আদিত্য বলে ওঠে, তার মানে আমার বৌটারও সব কিছু মনে ছিল। আমি তো ভেবেছিলাম এতো কাজের চাপ যাচ্ছে তুমি হয়তো সব ভুলে গেছো।

আমি সত্যিই সব ভুলে গেছিলাম। তারপর অফিস থেকে বের হওয়ার পরের সব ঘটনা রাই আদিত্যকে বলে।

আমি তোমাকে না বলে এই সিদ্ধান্তটা নিয়েছি। তুমি রাগ করোনি তো?

আদিত্য রাইকে বুকে জড়িয়ে ধরে বলে, তোমার জন্য আজকে আমার গর্ব হচ্ছে। এই মনটাকে সারাজীবন বাঁচিয়ে রেখো। তোমার ওপর আমার ভালোবাসা অনেক গুণ বেড়ে গেল।

রাতে আদিত্য ঘুমিয়ে গেলে রাই মনে মনে ভাবে যে শুরুতে যেমনই হোক, আজকের দিনের শেষটা সত্যিই খুব ভালো ছিল। এটাই হয়তো তার জীবনের সেরা রোজ ডে।

2

ভালোবাসা ভালোবাসা

(প্রোপোজ ডে স্পেশাল)

বিমলবাবু আর অনিতাদেবীর প্রায় চল্লিশ বছরের বিবাহিত জীবন। বিমলবাবু বরাবর রাশভারী মানুষ। বিয়ের পর থেকে অনিতাদেবী তাই বিমলবাবুকে কিছুটা ভয় পেতেন। তাদের একমাত্র ছেলে রাজীব চাকরীসূত্রে কয়েক বছর থেকে বিদেশে থাকে, ওখানেই বিয়ে করে সেটেল হয়েছে। প্রথম প্রথম বছরে একবার পূজোর সময় দেশে আসতো। পরে মেয়ে হওয়ার পর সেটাও কমে যায়। আর কারোনার জন্য তো প্রায় দু-আড়াই বছরে একবারও আসেনি।

ছোট্ট পরীকে অনিতাদেবী আর বিমলবাবু দু-একবার যখন রাজীবরা দেশে এসেছে তখন আদর করার সুযোগ পেয়েছেন। ছবিতে আর ভিডিও কলেই আদরের নাতনিকে বড়ো হতে দেখছেন তারা।

অনিতা দেবী মাঝে মাঝে মনে মনে আফসোস করেন যে, একটা সময় কত ব্যস্ত ছিল তার জীবন। শ্বশুর, শাশুড়ী, দেওর, ননদ- কিভাবে যে সময়গুলো চলে গেছে বিয়ের পর পর। একটা বেলার জন্য মায়ের কাছে পর্যন্ত যেতে পারেননি অনিতাদেবী।

তারপর সময়ের নিয়মে বিমলবাবুর মা-বাবা চলে গেলেন। দেওর, ননদ সবাই যে যার মতো আলাদা হয়ে গেল। এদিকে অনিতাদেবীর মাও চলে গেলেন। দাদার সংসারে যাওয়ার তাগিদটাও তারপর ধীরে ধীরে কমে গেছিল অনিতাদেবীর।

যদিও ততদিনে রাজীব চলে এসেছিল অনিতাদেবী আর বিমলবাবুর জীবনে। তারপর ছেলেকে বড় করা, ছেলের পড়াশুনা এটা নিয়েই অনিতাদেবী আর বিমলবাবুর জীবন চলতে থাকলো। তারপর রাজীব বড় হয়ে ভালো চাকরি পেয়ে বিদেশে চলে গেল।

তারপর থেকে শুরু হলো তাদের নিঃসঙ্গ জীবন। ছেলে কবে আসবে সারাবছর সেই অপেক্ষা। সে অপেক্ষাও আস্তে আস্তে দীর্ঘতর হতে থাকলো। অনিতাদেবী মাঝে মাঝে এ নিয়ে কান্নাকাটি করলেও, বিমলবাবু সেভাবে কোনদিনই মনের কথা খুলে বলেন না। তিনি নিজের মতো করে কখনো সমবয়সী বন্ধুদের সাথে পাঠাগারে আড্ডা দিয়ে, আবার কখনো নিজের বাড়িতে বা অন্য কোনো বন্ধুর বাড়িতে আড্ডা দিয়ে সময় কাটাতেন। অনিতাদেবী সারাদিন বাড়িতে একা সময় কাটাতেন। বিমলবাবু কখনো সেভাবে অনিতাদেবীর মনের খবর রাখেননি। কিন্তু এই করোনা পরিস্থিতিতে বিমলবাবুও যেন কিছুটা একাকিত্বে ভুগতে শুরু করেন। আজ প্রায় দু'বছর হলো সবাই গৃহবন্দী, কেউ কারো বাড়ি সেভাবে যায় না বললেই চলে। পরিস্থিতি এখন কিছুটা স্বাভাবিক হলেও, আগের মতো আড্ডাটা ঠিক জমে না।

এর মধ্যে হঠাৎ একদিন দুটো অল্প বয়সী ছেলে-মেয়ে পাড়ার এক পরিচিত লোকের মারফত বাড়ি ভাড়া চাইতে আসে। তাদের দেখে মনে হয় যে, সদ্যই বিয়ে হয়েছে। হঠাৎ করে অপরিচিত কাউকে বাড়ি ভাড়া দিতে বিমলবাবু রাজি হন না। কি পরিস্থিতিতে তাদের বিয়ে হয়েছিল, কেনই বা তারা আলাদা ভাড়া বাড়িতে থাকতে চাইছে এই প্রশ্নগুলো বিমলবাবুর মনে ঘুরতে থাকে। কিন্তু অনিতাদেবী জেদ ধরে বসেন যে, ছেলে-মেয়ে দুটোকে বাড়িতে থাকতে দিতেই হবে। তাও তো বাড়িতে দুটো লোক থাকবে কথা বলার। শেষে অনিতাদেবীর জেদের কাছে হেরে গিয়ে বিমলবাবু আবীর আর মেহুলকে বাড়ি ভাড়া দিতে রাজি হন।

বিয়ের কয়েকদিন পরে আবীর একটা ভালো চাকরী পেয়ে যায়। নিজের বাড়ি থেকে সেই জায়গাটা দূর হওয়ার জন্য তাদেরকে ভাড়া বাড়িতে আসতে হয়। খুব মিষ্টি মেয়ে মেহুল। এ বাড়িতে আসার কয়েকদিনের মধ্যে কেমন যেন অনিতাদেবী আর বিমলবাবুকে আপন করে নিয়েছে। অনিতাদেবী এখন দুপুরটা মেহুলের সাথে কখনো গল্প করে, কখনো ফুল গাছের পরিচর্যা করেই কাটিয়ে দেন। বিমলবাবুর মতো কঠিন মানুষও আজকাল খুব খুশি থাকতে শুরু করেছেন। এতদিন পরে যেন পুরনো অনিতাদেবীকে তিনি খুঁজে

পেয়েছেন। আগে সারাদিন অনিতাদেবী মনমরা হয়ে বসে থাকতেন, কখন রাজীবের ফোন আসবে সে অপেক্ষায়। এতে মাঝে মাঝে বিমলবাবু রাগারাগি করতেন। তিনি বলতেন যে ছেলে বাবা-মায়ের খোঁজ নেওয়ার সময় পায় না, তার জন্য মন খারাপ করে বসে থেকে লাভ নেই। কিন্তু এখন নিজের মতো করে ভালো আছেন দেখে তিনি মনে মনে খুশি হয়েছেন।

আবীর একটি প্রাইভেট কোম্পানিতে চাকরি করে। সকাল ন'টায় বেরিয়ে যায় ফেরে কোনোদিন রাত ন'টা বা তারও পরে। ছুটির দিনগুলোতে নিজের বাড়িতে চলে যায় তারা বা কোনো সময় কাছে-পিঠে কোথাও ঘুরতে যায়। আবীর ছেলেটা একেবারে অন্যরকম। আশেপাশে সবাইকে কিভাবে ভালো রাখা যায়, সেটাই সব সময় চিন্তা করে। অনেক বছর পর বাড়িটা যেন একটা প্রাণ পেয়েছে বলে মনে হয় বিমলবাবুর। সত্যি এই ছেলে-মেয়ে দুটো কতটা ভালোভাবে নিজেদের জীবনকে কাটাচ্ছে। আজকালকার ছেলে-মেয়েদের এই দিকটা খুব ভালো লাগে অনিতাদেবীর। ভালোবাসাটাকে তারা লুকিয়ে রাখে না, বরং উৎযাপন করে প্রতি মুহূর্তে।

এর মধ্যে হঠাৎ একদিন অনিতাদেবী অসুস্থ হয়ে পড়েন। বিমলবাবু একা কি করবেন কিছুতেই বুঝে উঠতে পারছিলেন না, সেই সময়ে আবীর অফিস ছুটি নিয়ে অনিতাদেবী-কে নার্সিংহোমে ভর্তি করা থেকে শুরু করে, যতদিন উনি ওখানে ছিলেন দেখাশোনা করা, ডাক্তারের সাথে কথা বলা, কিভাবে কি করলে ভালো হয় সবটা একা হাতে করেছে। রাজীব থাকলেও হয়তো এতটা আন্তরিকতার সাথে এই কাজগুলো করতে পারতো না বলে মনে হয় বিমলবাবুর।

এদিকে অনিতাদেবী নার্সিংহোমে থাকার সময়ে মেহুল যেন বাড়িটা ঠিক অনিতাদেবীর মতো করেই সামলেছে। বিমলবাবুর দেখাশোনা, ঠিক সময়ে খাবার দেওয়া, ওষুধ দেওয়া সব নিজে হাতে করেছে।

আজ প্রায় একসপ্তাহ পরে অনিতাদেবী বাড়ি ফিরেছে। সব ব্যবস্থা আবির আর মেহুলই করেছে। অনিতাদেবী নার্সিংহোমে থাকার সময় রাজীব একবার ফোন করারও সময় করে উঠতে পারেনি। প্রায় এক সপ্তাহ পর রাজীবের ফোন আসে, আগের সময় হলে হয়তো খুব আনন্দের সাথেই অনিতা দেবী ফোনটা রিসিভ করতেন, কিন্তু আজকে অনিতাদেবী নিজেই ফোনটা কেটে দিলেন। মেহুল ফোনটা কাটার কারণ জিজ্ঞেস করলে অনিতাদেবী বলেন– মা নার্সিংহোমে থাকার সময় যে ছেলে একটা দিন ফোন করে পর্যন্ত মা-বাবার খোঁজ নিতে পারে না, তার সাথে কথা বলার আর কোনো দরকার নেই। তারা

নিজের মতো করে ভালো থাক, আর আমরা আমাদের মতো করে।

এভাবে কেটে যায় আরও কয়েক বছর। করোনা পৃথিবী থেকে বিদায় নিয়েছে। সব আবার স্বাভাবিক হয়েছে। কিন্তু রাজীব আজও বাবা মায়ের সাথে দেখা করতে আসার সুযোগ পায়নি, বলতে গেলে আসতে চায়নি। অবশ্য এ নিয়ে এখন বিমলবাবু বা অনিতাদেবী কারোর মনেই আগের মতো দুঃখ হয় না। আবীর আর মেহুল এই বাড়িতেই থেকে যায়। কখনো গ্রামের বাড়িতে তারা সবাই মিলে যায় আবার কখনো ওই বাড়ি থেকে আবীরের মা-বাবা, কখনো মেহুল এর মা বাবা এ বাড়িতে এসে থাকে।

মেহুল আর আবীর তো জেঠু আর বড়মা করেই ডাকে। এই ডাকের মধ্যে খুব আন্তরিকতা আছে বলে মনে হয় বিমলবাবু আর অনিতাদেবীর। এছাড়া মেহুল আর আবীর এর পরিবারের প্রতিটি মানুষ যেন বড়ো দাদা-বৌদির মতো মান্য করে তাঁদের। এতো বছরে রাজীব যেটা দিতে পারেনি এই কয়েকবছরে আবীর সেটা দিয়েছে। তাছাড়া আবীর আর মেহুলের ছেলে তো তাঁদের কাছেই বড়ো হচ্ছে। রাজীবের অভাবটাও আজকাল এতোটা কষ্ট দেয় না অনিতাদেবীকে।

বিমলবাবুর মধ্যেও অনেক পরিবর্তন এসেছে এই কয়েক বছরে। তিনি এখন অনিতাদেবীর ছোটো খাটো সব বিষয়ে খেয়াল রাখেন। অনিতাদেবীও খুব খুশি। এর মধ্যে একদিন হঠাৎ রাতে বিমলবাবু একগুচ্ছ লাল গোলাপ নিয়ে অনিতাদেবীর কাছে এসে বলেন– অনেক বছর আগে তোমাকে বিয়ে করে আমার বাড়িতে নিয়ে এসেছিলাম, কানায় কানায় ভরিয়ে দিয়েছো তুমি আমার সংসার। কোথাও এতটুকু ফাঁক রাখোনি। কিন্তু তোমাকে সেভাবে কোনোদিন বলা হয়নি যে, আমি তোমাকে কতটা ভালোবাসি। আবীর আর মেহুলকে দেখে মাঝে মাঝে ভাবি যে, আমরাও তো এতটাই ভালোবাসা দিয়ে নিজেদের ভরিয়ে রাখতে পারতাম। কিন্তু সব সময় নিজেদের বঞ্চিত রেখে শুধু পরিবারের কথা, সন্তানের কথা ভেবে গেছি। এখনকার ছেলেমেয়েরা তো কত রকম দিন পালন করে। আমাদের সময় তো ওসব কিছুই ছিল না। আজকে শুনলাম কিনা, আজ প্রপোজ ডে। তাই ভাবলাম এতো বছর পাশে থাকার পরেও যে মানুষটাকে কোনদিন ভালোবাসি বলা হয়নি সে মানুষটা কে আজকে বলতে চাই আমি তোমাকে খুব ভালোবাসি আনিতা। প্রত্যেক জন্মে যেন শুধু তোমাকেই পাই। এই জন্মে তোমার মনে যেটুকু আক্ষেপ থেকে গেছে সেগুলো সব পরের জন্মগুলোতে মিটিয়ে দেবো দেখো।

অনিতাদেবী কিছু বলতে পারেনা, শুধু দুই চোখ বেয়ে অঝোর ধারায় জল গড়িয়ে পড়তে থাকে। বিমলবাবু যত্ন সহকারে চোখ মুছিয়ে দেন। অনিতাদেবী, বিমলবাবুকে প্রণাম করে বলেন– তুমি আমার ভগবান। প্রত্যেক জন্মে যেন তোমাকেই পাই। বিমলবাবু অনিতাদেবী-কে দু'হাত দিয়ে তুলে বলেন, তোমার জায়গা আমার পায়ে নয়, আমার বুকে। জীবনে এই প্রথমবার অনিতাদেবী বিমলবাবু-কে শক্ত করে জড়িয়ে ধরেন।

আবীর আর মেহুল কোনো কাজে ঘরে আসতে গিয়ে আবার বেড়িয়ে যায়। মেহুল এর চোখে জল দেখে আবীর জানতে চায় কি হয়েছে। মেহুল বলে বড়মা এতোদিন হয়তো এই দিনের অপেক্ষায় ছিলেন। আবীর মেহুলের চোখ মুছিয়ে দিয়ে বলে- ভালোবাসি কথাটা মাঝে মাঝে বলা খুব জরুরী। এই বলে আবীর মেহুলকে কিস করতে যাবে এমন সময় তাদের তিন বছরের ছেলে বুকান তাদেরকে জড়িয়ে ধরে বলে- আই লাভ ইউ মাম্মা, আই লাভ ইউ পাপা, হ্যাপি প্রপোজ ডে, মিস বলেছে মাম্মা- পাপাকে আর আমি যাকে যাকে ভালোবাসি সবাইকে আই লাভ ইউ বলতে।

এর মধ্যে অনিতাদেবী আর বিমলবাবু ঘরে আসেন। বুকান তাদেরকেও ভালোবাসা জানায়। অনেক বছর পরে একটা সুন্দর দিন অনেক ভালোবাসা নিয়ে আসে। সবার সব আক্ষেপ দূর হয়ে যায়। এমন সময় কোথায় যেনো মাইকে রবি ঠাকুরের- 'ভালোবাসি ভালোবাসি, সেই সুরে কাছে দূরে জলে স্থলে বাজায় বাঁশি, ভালোবাসি' গানটা বেজে ওঠে।

3

ঠিক যেন লাভ স্টোরী

(চকলেট ডে স্পেশাল)

পিহু আর অভি সেই ছোটবেলার বন্ধু। পাশাপাশি বাড়ি হওয়ার জন্য দুই বাড়ির মধ্যে ছিল অবাধ যাতায়াত। দিনে রাতে যেকোনো সময়ই দু'জনের দেখা হতো। এই নিয়ে দু'জনের বাড়ির কারোরই সেরকম আপত্তি ছিল না। তাদের বন্ধুত্বটা এতটাই নির্ভেজাল ছিলো যে রাত্রি বারোটাতেও অনায়াসে পিহু অভির ঘরে যেতে পারতো বা অভি পিহুর ঘরে।

পিহু বরাবরই খেতে খুব ভালোবাসতো। অভির বাড়িতে কোনো ভালো রান্না হলে, অভির মা সেটা পিহুর জন্য রেখে দিতেন। অভি নিজের মতো করে লেখালেখি, সমাজসেবামূলক কাজ নিয়ে ব্যস্ত থাকতেই পছন্দ করতো। সবার সব বিপদে ঝাঁপিয়ে পড়তো সবার আগে, এজন্য অভি ছিল সবার খুব পছন্দের।

এদিকে পিহু শুধু দুটো কাজই পছন্দ করতো, এক হল খাওয়া দুই পড়াশোনা। কারো সাথে সেভাবে মিশতো না। সেটার কারণ যদিও ছিল পিহুর অতিরিক্ত ওজন। যদিও এটা নিয়ে পিহুর তেমন মাথা ব্যথা ছিল না, কিন্তু আশেপাশের লোকজন পিহুর দিকে এমনভাবে তাকাতো, যেন সে অন্য গ্রহ থেকে এসেছে। কারণে-অকারণে পিহুর সামনে এসে একগাদা জ্ঞান দিয়ে যেত। এটা পিহুর একদম পছন্দ হতো না। তাই পিহু কারো সাথে সেভাবে কথাই বলতো না। অভি ছিল পিহুর একমাত্র বন্ধু, যাকে মন খুলে সব কথা বলা যায়। যার কাছে লুকোচুরির কোন জায়গা নেই।

পড়াশোনা শেষ করে পিহু ভালো একটি কোম্পানিতে চাকরি পেয়ে যায়। আর অভি নিজের জগতে আরো বেশি ব্যস্ত হয়ে পড়ে। যদিও রাতে তাদের রোজই আড্ডা হয়। সারাদিন কে কি করলো সেটা যতক্ষণ দু'জন দু'জনকে বলতে না পারতো ততক্ষণ যেন তাদের শান্তি হতো না।

এদিকে পিহুর মা-বাবা পিহুর বিয়ে নিয়ে রীতিমতো চিন্তিত থাকতেন। মেয়ের এই অতিরিক্ত ওজন কমানোর জন্য পিহুর মা বিভিন্ন রকম ভাবে চেষ্টা চালিয়ে যেতে লাগলেন। কখনো জোর করে মর্নিং ওয়াক করানো, কখনো জোর করে জিমে ভর্তি করিয়ে দেওয়া, আবার কখনো বিভিন্ন রকম ডায়েটিং করাতেন পিহুকে দিয়ে। কিন্তু পিহুর ওসবের দিকে একটুও আগ্রহ ছিল না। সে মর্নিং ওয়াকে গিয়ে জিলিপি খেয়ে বাড়ি ফিরতো, কখনো জিমে যাবার নাম করে বেড়িয়ে অভির সাথে আড্ডা দিয়ে বাড়ি ফিরতো। আর যেদিন যেদিন ডায়েটিং করতো, সেদিন অভির কাছে বিভিন্ন রকম খাবারের বায়না করতো। অভি লুকিয়ে লুকিয়ে সবরকম খাবার পিহুকে এনে দিতো। অভি সবসময় বলতো, অন্য কারো জন্য নয়, তুই নিজের জন্য নিজের মতো করে বাঁচ। যে তোকে ভালোবাসবে, তুই যেমন তেমনভাবেই ভালোবাসবে। কারো ভালোবাসা পাওয়ার জন্য কখনো নিজেকে বদলাবি না, যদি কখনো তোর নিজের ইচ্ছা হয় যে তুই রোগা হবি, সেদিনই তুই ডায়েটিং বা এক্সারসাইজ করবি, নিজের ইচ্ছায়। পিহু তখন অভির দু'গাল টিপে দিতে দিতে বলতো, তুই আমাকে শুধু বুঝিস, আর কেউ তোর মতো বোঝে না কেন রে? অভি কিছু বলে না শুধু পিহুর হাতটা চেপে ধরে। এভাবেই তাদের দিন চলছিল। এদিকে ডায়েটিং করেও পিহু রোগা হচ্ছিল না দেখে পিহুর মা-বাবা আরো চিন্তিত হয়ে পড়ছিলেন।

রবিবার দুপুরে পিহু একটা বড় সাইজের চকলেট নিয়ে অভির বাড়িতে যায়। দু'দিন অফিসের কাজের খুব চাপ থাকায় অভির সাথে দেখা হয়নি তার। সোজা গিয়ে অভির ঘরে ঢুকে দেখে অভি চেয়ারে বসে দরজার উল্টো দিকে মুখ করে কিছু করছে। পিহু কাছে গিয়ে চেয়ারের উল্টো দিক থেকেই চকলেটটা অভির দিকে এগিয়ে দিয়ে বলে, কি রে কেমন আছিস? সরি রে, দু'দিন একেবারেই সময় পায়নি, নে চকলেট খা, বহুকষ্টে লুকিয়ে নিয়ে এসেছি। কথাগুলো বলার পরেও কোন উত্তর না পেয়ে পিহু চেয়ারটাকে টেনে ঘুরিয়ে দিয়ে বলে- কিরে শুনতে পাচ্ছিস না?

আপনি আমাকে কিছু বলছেন?

কান থেকে হেডফোনটা খুলতে খুলতে বলে রাহুল। পিহু কিছু বলতে যাচ্ছিল এরমধ্যে অভি এসে বলে– আরে তুই? দু'দিন থেকে তো একেবারেই বেপাত্তা হয়ে গেছিস। ফোন করলেও ধরছিস না। এবার রাহুলের দিকে তাকিয়ে বলে– ও রাহুল, আমার মামার ছেলে, বয়সে আমার থেকে কিছুটা বড় হলেও আমরা বন্ধুর মতোই। তোকে তো আমি অনেকবার বলেছি রাহুলের কথা কিন্তু সামনাসামনি কোনদিন দেখা হয়নি। রাহুল এখানে চাকরি পেয়েছে। তাই কিছুদিন আমাদের বাড়িতেই থাকবে।

আর রাহুল, এই হল পিহু। রাহুল পিহুর দিকে নিজের হাতটা বাড়িয়ে দিয়ে বলে, তোমার কথা অভির মুখে বহুবার শুনেছি, কিন্তু... কথাটা বলে চুপ করে যায় রাহুল।

এদিকে পিহুর কানে কোনো কথাই যেন পৌঁছোচ্ছিলো না, রাহুলের হাতটা ধরে এই প্রথম পিহুর মনে এমন একটা অনুভূতি তৈরি হয়েছিল, যেটা এর আগে কখনো হয়নি। পিহু বোকার মতো রাহুলের হাতটা ধরে তার মুখের দিকে তাকিয়েছিল। সেটা বুঝতে পেরে রাহুল নিজের হাতটা সরিয়ে নেয়। এবার পিহু রাহুলের দিকে চকলেটটা এগিয়ে দেয়। রাহুল নমস্কার করার ভঙ্গিতে বলে ওঠে, no thanks, ওসব তুমি খাও। তোমাকে দেখার পর আমার এক্সট্রা ক্যালোরি খাওয়ার আরো ইচ্ছা নেই। নিজেকে একবার দেখেছো, পারলে আয়নার সামনে গিয়ে, নিজেকে একবার দেখবে। তাহলে তুমিও আর কোনদিন এসব বাজে জিনিস খেতে চাইবে না। কথাটা বলে মুখ চেপে হাসতে থাকে রাহুল।

অন্য কেউ কথাটা বললে পিহু হয়তো চিৎকার করে উঠতো। কিন্তু রাহুলকে সে কিছুই বলতে পারলো না। অভির হাতে চকলেটটা দিয়ে চোখের কোনটা মুছে নিয়ে পিহু সেখান থেকে চলে গেল। অভি তখন রাহুল কে বললো- তুই পিহুকে এভাবে না বললেও পারতি। মেয়েটা কতটা খারাপ পেলো বলতো? রাহুল কিছু বলতে যাচ্ছিল, তার আগেই অভি ঘর থেকে বেরিয়ে যায়। রাহুল তখন আবার কানে হেডফোন লাগাতে লাগাতে পিহুর চেহারা চিন্তা করে হাসতে শুরু করে।

এদিকে এত বছরে আজকে প্রথম পিহু ঘরে এসে দরজা বন্ধ করে আয়নার সামনে দাঁড়িয়ে নিজেকে দেখে। কোনদিন নিজের চেহারা নিয়ে তার কোন আফসোস ছিল না, বরং ওইসব রোগা রোগা মেয়েগুলোর জন্য মনে মনে দুঃখ প্রকাশ করতো। কিন্তু আজকে কেন যেন নিজেকে বড্ড বেমানান মনে হল। প্রথম দেখাতেই রাহুল যে পিহুর মনে এতটা প্রভাব ফেলবে, সেটা পিহু নিজেও

বুঝতে পারেনি।

রাহুলের জিম করা ছিপছিপে সুন্দর চেহারা। যে কোন মেয়ের কাছেই সে যেন স্বপ্নের পুরুষ। এদিকে পিহুর বেঢপ চেহারা, দুজনের মধ্যে কোনো দিক দিয়েই মিল নেই। কথাগুলো ভাবতে ভাবতে পিহুর নিজের কাছে নিজেকে যেন ছোট বলে মনে হতে থাকে। সে মনে মনে ঠিক করে যেভাবেই হোক রাহুলের উপযুক্ত তাকে হতেই হবে।

সে রাতে পিহু কিছু না খেয়ে ঘুমিয়ে পড়ে। মা-বাবা বহুবার জিজ্ঞাসা করলেও পিহু কিছু বলে ন। পরদিন সকালে পিহুর মা ঘুম থেকে উঠে দেখেন, পিহু মর্নিংওয়াক থেকে ফিরছে। পিহুর মা অবাক হয়ে যান। পিহু মায়ের কাছে গিয়ে বলে– এতদিন তোমার কথা না শুনে আমি খুব ভুল করেছিলাম। আজকে থেকে আমি তোমার সব কথা শুনবো। তুমি যা যা রান্না করে দেবে সেগুলোই খাবো। সকালে মর্নিং ওয়াক, বিকেলে জিমে যাবো। আমিও সবার মতো সুন্দরী হতে চাই মা। কথাগুলো বলার সময় পিহুর চোখদুটো যে জলে ভরে যাচ্ছিলো এটা পিহুর মা লক্ষ্য করেননি। মেয়ে হঠাৎ এত ভদ্র হয়ে গেলো এটা ভেবে বরং তিনি খুশিই হলেন।

এদিকে অভির কিছু কাজ পড়ে যাওয়ায় তাকে কিছুদিনের জন্য কলকাতার বাইরে যেতে হল। যাওয়ার আগে পিহুকে কয়েকবার ফোনও করেছিল সে। কিন্তু পিহু অভির ফোন রিসিভ করেনি, এমনকি তাকে কল ব্যাকও করেনি।

আজ প্রায় তিন মাস হয়ে গেলো অভি কলকাতার বাইরে। অভি প্রতিদিন পিহুকে ফোন করেছে, মেসেজ করেছে কিন্তু পিহু কোনোরকম ভাবে তার সাথে যোগাযোগ করেনি। সেই রবিবারের দুপুরের পর থেকে অভি আর পিহুর মধ্যে কোনো যোগাযোগ হয়নি। মায়ের কাছ থেকে শুনেছে এই তিন মাসে পিহু নাকি তাদের বাড়িতে একবারও যায়নি। অভি মনে মনে ভাবে, সেদিন রাহুলের বলা কথায় হয়তো মেয়েটা খুব কষ্ট পেয়েছে। রাহুলের ওপর খুব রাগ হয় অভির। দু'দিন পর পিহুর জন্মদিন। এদিকে অভি সেদিনই কলকাতায় ফিরছে। এই কথাটা কাউকে জানায়নি অভি। সে ভাবে যে বাড়ি ফিরে পিহুকে চমকে দেবে। ওকে সামনে দেখলে পিহু কিছুতেই ওর সাথে কথা না বলে থাকতে পারবে না।

এদিকে রাহুলের অফিসে নতুন বস join করেছে ২ দিন আগে। নতুন বস নাকি দেখতে খুব সুন্দরী। রাহুলের যদিও এখনো বসকে দেখার সৌভাগ্য হয়নি। তবু সবার কাছে এতো প্রশংসা শুনেছে যে মনে মনে সে নতুন বসের

প্রেমে পড়ে গেছে।

দু'দিন পরে একটি পার্টিতে সব অফিস স্টাফদের ইনভাইট করা হয় নতুন বসের সাথে পরিচয় করিয়ে দেওয়ার জন্য। রাহুল বেশ সেজেগুজে সেই পার্টিতে যায়।

এদিকে পিহুর জন্মদিনের দিন সন্ধ্যার সময় অভি পিহুর অফিসে যায়। সেখানে গিয়ে শোনে পিহু কিছুদিন হল অন্য অফিসে শিফট করে গেছে, তার খুব বড়ো একটা প্রমোশন হয়েছে।

কথাটা শুনে অভি খুব খুশি হয়, কিন্তু মনে মনে অনেক দুঃখ পায়। এতো বড়ো একটা খুশির খবর পাগলিটা তাকে বললোই না। তবুও মনের কষ্টটা চেপে রেখে পুরনো অফিস থেকে পিহুর নতুন অফিসের ঠিকানা নিয়ে অভি সেখানের উদ্দেশ্যে রওনা দেয়।

এদিকে নতুন বস যখন রাহুলের সামনে আসে রাহুল তাকে দেখে অবাক হয়ে যায়। রাহুলকে বোকার মত তাকিয়ে থাকতে দেখে নতুন বস রাহুলের দিকে হ্যান্ডশেক করার জন্য হাত বাড়িয়ে দেয়। রাহুল হাত ধরে বোকার মত যেভাবে তাকিয়ে ছিল সেভাবেই তাকিয়ে থাকে। নতুন বস এবার সেটা বুঝতে পেরে হাতটা সরিয়ে নেয়। রাহুল যেন নিজের চোখকেই বিশ্বাস করতে পারছে না। এটা সে কাকে দেখছে? কিছুটা দ্বিধা নিয়ে রাহুল জিজ্ঞাসা করে, তুমি মানে আপনি পিহু?

পিহু এবার রাহুলের সামনে এগিয়ে গিয়ে বলে, যাকে আয়নার সামনে নিজেকে দেখার পরামর্শ দিলেন, এতো সহজে তাকে ভুলে গেলেন। রাহুল এবার লজ্জা পেয়ে বলে, sorry পিহু সেদিন আমি যা যা বলেছি ভুল বলেছি। প্লিজ আমাকে ক্ষমা করে দাও।

পিহু তখন রাহুলকে থামিয়ে সবার উদ্দেশ্যে বলে, আজকে আমি আপনাদের একটা মেয়ের গল্প শোনাতে চাই। মেয়েটি নিজের মতো করে নিজের জগতে খুব ভালো ছিল কিন্তু সে যেহেতু ওভারওয়েট ছিলো তাই উঠতে বসতে সবাই তাকে করুণার চোখে দেখতো বা কখনো তাকে নিয়ে মজা করতো। মেয়েটার মনের খোঁজ সেভাবে কেউই রাখেনি।

জীবনে প্রথমবার একটি ছেলেকে দেখে মেয়েটির মনে ভালোবাসার অনুভূতি জাগে। কিন্তু সেই ছেলেটির চোখেও মেয়েটির জন্য করুণা, তাচ্ছিল্য ছিল। যেটা মেয়েটা কিছুতেই সহ্য করতে পারে না। ফলে মেয়েটা সিদ্ধান্ত নেয়, নিজের জন্য না হলেও এই সমাজের জন্য একবার নিজেকে বদলাবে। গত তিনমাসে মেয়েটি নিজেকে একশো শতাংশ বদলে ফেলে। সেই মেয়েটি

আর কেউ নয়, সেই মেয়েটি হলাম আমি, পিহু ব্যানার্জি। আর প্রথম দেখাতে যে ছেলেটির জন্য ভালোবাসার অনুভূতি জেগেছিলো, সে হোলো রাহুল মুখার্জী। সবাই ঘুরে রাহুলের দিকে তাকায়। রাহুল এবার পিহুর সামনে এসে হাঁটু গেড়ে বসে বলে– I Love You... Will you marry me??

অভি এতক্ষণ পিছনে দাঁড়িয়ে সবকিছু দেখে যাচ্ছিলো। পিহুকে যে এতো সুন্দরী লাগতে পারে সেটা অভি কোনোদিন ভাবেনি। কিন্তু অভির পিহুকে নিয়ে কোনোদিনই কোনো আক্ষেপ ছিল না। পিহু যেমন তেমন ভাবেই যেন অভির কাছে সেরা ছিলো। এই তিনমাস পিহুর থেকে দূরে থেকে অভি বুঝেছে তাদের গভীর বন্ধুত্বের পেছনে লুকিয়ে থাকা গভীর ভালোবাসাকে। পিহুকে ছাড়া যেন অভির পুরো পৃথিবীটাই একেবারে অন্ধকার হয়ে গেছে। কথাগুলো ভাবতে ভাবতে অভির দু'চোখ ঝাপসা হয়ে আসে।

এদিকে পিহু রাহুলের কাছ থেকে কিছুটা দূরে সরে গিয়ে বলে, এই কথাটা যদি তুমি আমাকে তিন মাস আগে বলতে আমি হয়তো খুশিতে পাগল হয়ে যেতাম। প্রথম দেখাতেই তোমাকে ভালোবেসে ফেলেছিলাম। কিন্তু তোমার চোখের সেই তাচ্ছিল্যটাকে আমি চাইলেও ভুলতে পারবো না। আজকে আমি নিজেকে বদলেছি বলে তুমি আমাকে প্রপোজ করছো। কিন্তু একবার ভেবে বলো তো আমি যদি আগের মতই থাকতাম তাহলেও কি তুমি এমনটাই করতে?

কি গ্যারান্টি আছে যে, আমি সারাজীবন রোগা থাকবো। হতে পারে কালকে আমি আবার আগের মত হয়ে গেলাম। তখন তুমি কি করবে? তোমার চোখে তাচ্ছিল্যটাকে দেখে আমি সিদ্ধান্ত নিয়েছিলাম নিজেকে বদলাবো, তোমার জন্য নয় নিজের জন্য। কারণ এই গোটা পৃথিবীতে এমন একজন আছে যে আমাকে সব সময় বলতো, কেউ যদি আমাকে ভালোবাসে আমি ঠিক যেমন তেমনভাবেই আমাকে ভালবাসবে। কারো ভালোবাসা পাওয়ার জন্য আমি যেন কখনো নিজেকে না বদলাই। গত তিন মাস আমি নিজেকে তার কাছ থেকে জোর করে দূরে সরিয়ে রেখেছি। কারণ আমি বুঝতে চেয়েছিলাম, তার জন্য আমার মনে কি অনুভূতি আছে? এই তিন মাসে আমি বুঝে গেছি আমাদের গভীর বন্ধুত্ব আসলে দুজনের প্রতি দুজনের গভীর ভালোবাসা। আর আমি আজকে সবার সামনে বলতে চাই, আমি আমার সেই একমাত্র বন্ধুকে, যে সব সময় আমার পাশে থেকেছে একমাত্র তাকেই ভালোবাসি, অনেক বেশি ভালোবাসি।

রাহুল এককোণে মাথা নিচু করে দাঁড়িয়ে থাকে। এদিকে অভি আর পেছনে দাঁড়িয়ে থাকতে পারে না। সামনে এসে শক্ত করে পিহুকে বুকে জড়িয়ে ধরে। তুই আমাকে এতো কষ্ট দিলি কেন? পিহুকে বুকে জড়িয়ে ধরে এই কথা বলে অভি। পিহু তখন অভির দু'চোখ মুছিয়ে দিয়ে বলে, ভালোবাসি বলে।

রাহুল সে রাতে অভিদের বাড়ি আর এই শহর ছেড়ে চলে যায়। অনেকদিন পরে আবার পিহু আর অভি রাতে আড্ডা দেয়। অভি পিহুর জন্য আনা চকলেটটা তার দিকে এগিয়ে দিয়ে বলে, সেদিন তুই আমার হাতে চকলেটটা দিয়ে চলে আসার পরে, আমি জানি তুই আর চকলেট খাসনি। আজকে সেই চকলেট তোকে আবার ফিরিয়ে দিলাম। যাতে আমার পাগলীটার জীবনে কোনোদিন মিষ্টির অভাব না হয়, এই প্রার্থনা নিয়ে। পিহু চকলেটটা হাতে নিয়ে একটা টুকরো নিজে খায় আর একটা টুকরো অভিকে খাইয়ে দেয়। তারপর দু'জন দু'জনকে জড়িয়ে ধরে।

4
ভালোবাসার উপহার

(টেডি ডে স্পেশাল)

তাড়াতাড়ি হাত চালিয়ে কাজ করতে থাকে সবিতা। রেখাদেবী এসে বলেন, কি রে, আজ যে একেবারে রকেটের স্পিডে কাজ করছিস, কি ব্যাপার?

আজকে একটু তাড়াতাড়ি বাড়ি যাবো গো কাকিমা। মেয়েটার জন্মদিন। তোমার কোনো অসুবিধা হবে না, আমি সবকিছু রেডি করে রেখেই যাব।

সে ঠিক আছে, কিন্তু তুই তো কালকে আমাকে বলে আজকের দিনটা ছুটি নিতে পারতি।

সবিতা হেসে বলে- কি যে বলো কাকিমা, দিদি শুনলে আমার রক্ষা আছে। আর তুমি একা মানুষ, কিভাবে আমি কাজ বাদ দেই বলো তো?

সে না হয় আমি আজকে দুটো ডালভাত ফুটিয়ে খেয়ে নিতাম।

না গো, সে হয় না কাকিমা।

রেখাদেবী এবার সবিতাকে তাড়া দিয়ে বলে ওঠেন– আচ্ছা ঠিক আছে, আমার সাথে কথা বলে আর সময় নষ্ট করিস না। যা তাড়াতাড়ি কাজ সেরে নে। আর হ্যাঁ, যাওয়ার সময় আমার সাথে দেখা করে যাবি।

ঠিক আছে, বলে নিজের কাজে মন দেয় সবিতা।

রেখাদেবীর স্বামী মারা গেছেন কয়েক বছর হল। একমাত্র মেয়ের বিয়ে হয়ে গেছে। খুব দূরে বিয়ে না হলেও নিজের সংসার, স্বামী, শ্বশুর শাশুড়ির দেখাশোনা, ছোট বাচ্চার ঝামেলা এসব সামলে খুব একটা এ বাড়িতে আসার সময় পায়না রিয়া।

জামাই যদিও বলেছিল এই বাড়ি ছেড়ে রেখাদেবীকে তাদের সাথে গিয়ে থাকতে, কিন্তু পুরোনো অনেক স্মৃতি ঘেরা এ জায়গাটা ছেড়ে পৃথিবীর কোথাও গিয়ে শান্তি পাবেন না রেখাদেবী। তাই তিনি জামাইয়ের প্রস্তাব মেনে নিতে পারেননি।

অগত্যা সবিতাকে ঠিক করেছে রিয়া। মায়ের রান্না করে দেওয়া, বাড়ির দেখাশোনা সব কাজ সবিতাই করে। রিয়া নিয়মিত ফোন করে খোঁজ নেয়, আর ছুটির দিনে মায়ের সাথে এসে দেখা করে যায়।

আমার সব কাজ শেষ কাকিমা। তোমার খাবারটা হটপটে করে ডাইনিং টেবিলে রেখে দিয়েছি। তুমি শুধু একটু কষ্ট করে বেড়ে নিয়ে খেও। আমি আসি।

আরে চলে যাচ্ছিস যে, দাঁড়া। এই বলে রেখাদেবী সবিতার হাতে দুটো ৫০০ টাকার নোট গুঁজে দিয়ে বলেন, মেয়েটাকে কিছু কিনে দিস। রেখাদেবীর স্বামী সরকারি চাকরি করতেন, এখন রেখাদেবী স্বামীর পেনশন পান। তিনি নিজের খরচা নিজেই চালান। আর যেটা বাঁচে সেটা দিয়ে নাতি ঈশানের জন্য এটা ওটা কেনেন।

সবিতার চোখে জল চলে আসে। সবিতার স্বামী অন্য একটি বিয়ে করে আলাদা থাকে। মেয়েটার পর্যন্ত খোঁজ নেয় না। সবিতা বাড়ি বাড়ি কাজ করে কোন রকমে সংসার চালায়। কাজে আসার আগে মেয়েটাকে বাপের বাড়িতে রেখে আসে, আবার ফেরার সময় নিয়ে যায়। মেয়েটা পড়াশুনাতে খুব ভালো। কিন্তু সেভাবে সবিতা তাকে কোনো সুযোগ-সুবিধা দিতে পারে না। মামার-বাড়ির পাশেই একটি প্রাইমারি স্কুলে পড়ে পল্লবী। যদিও এখন করোনার জন্য সেটাও বন্ধ।

কি রে ধর।

না কাকিমা, তুমি তো আমাকে এই মাসের মাইনে দিয়ে দিয়েছো, আর আমার কিছু চাই না। তোমার যদি পল্লবীতে কিছু দিতে ইচ্ছা করে তুমি নিজে কিনে দিও। আমি টাকা নিতে পারবো না, এই বলে চোখের জল মোছে সবিতা।

রেখাদেবী সবিতাকে খুব ভালোমতো চেনেন, তাই এই নিয়ে আর কথা বলেন না। এবার সবিতা রেখাদেবীর পায়ের কাছে মেঝেতে বসে পড়ে।

কি রে, তুই আবার বসলি?

বললি যে তাড়াতাড়ি বাড়ি যাবি, শরীর খারাপ লাগছে নাকি রে?

না না কাকিমা, আমি ঠিক আছি।

আশীর্বো

তুমি আজকে সন্ধ্যেবেলায় আমাদের বাড়িতে আসবে? মেয়েটাকে প্রতিদিন তোমার গল্প বলি। ও তো তোমাকে দিদা বলে ডাকে। নিজের দিদাকে তো দেখতেই পেল না, ওর জন্মের আগেই তো...

মামাবাড়ি বলতে এখন তো শুধু মামা-মামী। ছোটবেলা থেকে বাপের আদরও পেলোনা হতভাগী। তুমি যদি আজকে একবার গিয়ে আমার মেয়েটার মাথায় হাত রাখো, যাবে গো কাকিমা?

তোমার কোন অসুবিধা হবে না। আমি ভাইকে পাঠিয়ে দেবো, ও তোমার বাড়ি চেনে। ওর তো টোটো আছে তোমাকে নিয়ে যাবে। কথাগুলো বলে চোখ মোছে সবিতা।

রেখাদেবীর ও চোখের কোণে জল চলে আসে। তিনি আর সবিতাকে না বলতে পারেন না। সবিতা চলে যাওয়ার পর বাড়ির সামনের দোকানটায় যান রেখাদেবী। বাচ্চাটার জন্য কি নেওয়া যায় ভাবতে ভাবতে একটা গোলাপী রঙের টেডির দিকে চোখ আটকে যায়।

তখন বোধহয় রেখাদেবীর বয়স বছর পাঁচেক হবে। এরকম একটা গোলাপী রঙের পুতুলের জন্য কত বায়না করেছিল বাবার কাছে। কিন্তু বাবার তখন সেই সামর্থ্য ছিল না এরকম একটা পুতুল কিনে দেওয়ার। কিন্তু ছোট্ট রেখা সেটা বোঝেনি। পুতুল লাগবে জন্য জেদ করে খাওয়া-দাওয়া বন্ধ করে দিয়েছিলো। পরে বাবার কাছে মার খেয়ে খাবার খেয়ে ছিল ঠিকই, কিন্তু ছোট্ট মনে বাবার জন্য একটা ক্ষোভ জন্মেছিল।

পরে অবশ্য বড় হওয়ার সাথে সাথে বুঝতে পেরেছিল, সেদিন কেন বাবা পুতুলটা কিনে দিতে পারেননি। কিন্তু সেদিনের পর থেকে রেখাদেবী আর কোন কিছুর জন্য বাবার কাছে জেদ করেননি। মনের মধ্যে কোন ইচ্ছা থাকলেও সেটা সব সময় মনের গভীরে রেখে দিয়েছিলেন।

কি নেবেন কাকিমা, দোকানের ছেলেটার ডাকে সম্বিৎ ফিরে রেখাদেবীর। তোমার দোকানে তো অনেক পুতুল দেখছি।

ছেলেটা একটু হেসে মাথা চুলকে বলে, আজকে টেডি ডে। তাই অনেকে নিজের ভালোবাসার মানুষের জন্য এসব পুতুল কিনতে আসে। তাই তুলেছি।

রেখাদেবী গোলাপি রঙের পুতুলটার দিকে দেখিয়ে বলেন, ওটার দাম কত?

আটশো টাকা, দোকানদার জানায়।

ঠিক আছে আমাকে ওটা দিয়ে দাও, তোমার দোকানে কি কেক রাখো?

হ্যাঁ কাকিমা, এই যে দেখুন, বলে কাঁচের ভেতরে থাকা কেক গুলোকে দেখিয়ে দেয় ছেলেটা। রেখাদেবী পুতুল, কেক, চকলেট আরো অনেক জিনিস পল্লবীর জন্য কিনে ফেলেন। অনেক জিনিস হয়ে গেছে বলে দোকানের ছেলেটা সেগুলো বাড়ি পর্যন্ত পৌঁছে দেয়।

সন্ধ্যাবেলায় রেখা দেবী মেয়েকে ফোন করে জানান যে তিনি সবিতার বাড়িতে যাচ্ছেন। এসে ফোন করবেন। রিয়া একটু চিন্তিত হলেও অনেকদিন পর যে মা বাড়ি থেকে বের হচ্ছে এটা ভেবে মনে মনে খুব খুশি হয়। যথাসময়ে সবিতার ভাই টোটো নিয়ে চলে আসে। রেখাদেবী সব জিনিসপত্র নিয়ে টোটো করে সবিতার বাড়িতে গিয়ে উপস্থিত হন।

রেখাদেবীকে দেখে সবিতা খুব খুশি। পল্লবীকে বলে তোর দিদা এসেছেন প্রণাম কর। ছোট্ট পল্লবীও দৌড়ে গিয়ে রেখাদেবীকে প্রণাম করে। খুব মিষ্টি মিষ্টি কথা বলে পল্লবী।

মেয়ের জন্মদিন উপলক্ষ্যে সবিতা নিজের মতো করে যেটুকু পেরেছে আয়োজন করেছে। বাপের বাড়ি থেকে ভাই ভাই-বউ এসেছে, আর এখানে পাড়ার কয়েকটা ছোট-ছোট বাচ্চা। রেখাদেবী ঘরের মধ্যে থাকা একটি টেবিলে সব জিনিসগুলো রাখেন। নিজে হাতে কেক সাজিয়ে দেন। তারপর সবিতার ভাই এর সাহায্যে কতগুলো বেলুনও লাগানো হয়। পল্লবীতো কেক দেখে খুব খুশি। সব বাচ্চারা মিলে আনন্দ করে কেক কাটে, তারপর পল্লবী সবাইকে চকলেট দেয়। তারপর সবিতার বানানো লুচি আর ঘুগনি খেয়ে সবাই বাড়ি চলে যায়। সবিতার ভাই আর ভাইয়ের বউ শুধু থেকে যায় এখান থেকে রেখাদেবীকে বাড়ি পৌঁছে দিয়ে তারা বাড়ি ফিরবে বলে।

রেখাদেবী তখন সেই গোলাপী রঙের পুতুলটা বের করে পল্লবীর হাতে দেন। পুতুলটা পেয়ে পল্লবী অবাক হয়ে জিজ্ঞাসা করে, এটা আমার?

রেখাদেবী তখন পল্লবীকে আদর করে কাছে টেনে নিয়ে বলেন হ্যাঁ সোনা এটা তোমার। তোমার পছন্দ হয়েছে?

পল্লবী তখন রেখাদেবীর গালে একটা চুমু দিয়ে বলে, এই পুতুলটা খুব সুন্দর দিদা, আমার খুব পছন্দ হয়েছে। তুমি খুব ভালো। এদিকে সবিতা রেখাদেবীর জন্য খাবার নিয়ে আসলে রেখাদেবী বলেন, আমি একটা শর্তে এই খাবার খেতে রাজি আছি, যদি তুই কাল থেকে আমার নাতনি কে প্রতিদিন আমার বাড়িতে নিয়ে যাস।

কিন্তু কাকিমা, আমি তো কাজ করবো তখন ও তোমাকে বিরক্ত করবে। আর তাছাড়া আমার তো আরো দুটো বাড়িতে কাজ থাকে বলো। বাড়িতে

বাচ্চা নিয়ে যাওয়া অনেকেই পছন্দ করে না।

রেখাদেবী তখন বলেন- তোকে অতো চিন্তা করতে হবে না। তুই সব বাড়ির কাজ শেষ করে তারপর পল্লবীকে নিয়ে বাড়িতে চলে আসবি। যতোদিন না স্কুল খুলবে আমি পল্লবীকে পড়াবো। সবিতা কিছু বলতে যাচ্ছিল রেখাদেবী তাকে তাড়া দিয়ে বলেন, তাড়াতাড়ি খাওয়ারটা দে বাড়ি গিয়ে আবার আমাকে ওষুধ খেতে হবে। রাত হয়ে যাচ্ছে। সবিতা আর কথা না বাড়িয়ে রেখাদেবীকে খাবার দিতে শুরু করে।

পল্লবী সারাদিন রেখাদেবীর সাথেই থাকে। রেখাদেবী পল্লবী-কে কখনো পড়ান, কখনো বা তার সাথে গল্প করেন, কখনো আবার দু'জনে মিলে বিভিন্ন রকম খেলা খেলেন।

রেখাদেবীর দিনগুলো খুব আনন্দে কাটছিল। ছুটির দিনে রিয়া আর তার ছেলে ঈশান দু'জনে এ বাড়িতে এসে দেখে, সবিতা রান্না করছে আর ডাইনিং রুমে রেখাদেবীর কোলে বসে ছোট্ট পল্লবী কবিতা বলছে। অনেকদিন পর মাকে এত খুশি দেখে রিয়া খুব আনন্দ পায়। কিন্তু ছোট্ট ঈশান দিদুন এর কোলে পল্লবীকে দেখে হিংসা করতে থাকে। রেখা দেবী সেটা বুঝতে পেরে ঈশান-কে টেনে নিয়ে এসে নিজের কোলে বসিয়ে বলেন, ও পল্লবী, ও তোমার একটা বন্ধু হয়, তুমি যখন দিদুনের কাছে থাকতে পারো না, তখন ও দিদুন এর দেখাশোনা করে। এটাতে তো আমার হেল্প হচ্ছে। তোমার তো ওকে থ্যাংকস জানানো উচিৎ। ঈশান তখন ভাবে সত্যি তো তাই, এই মেয়েটা তো তার হেল্প করছে। ওর সাথে ঝগড়া না করে বন্ধুত্ব করাই ঠিক হবে। এই ভেবে ঈশান পল্লবীকে বলে, ঠিক আছে আজ থেকে আমরা বন্ধু। কিন্তু আমার একটা শর্ত আছে, আমি যখন এখানে আসবো তখন আমিই শুধু দিদুন এর আদর খাবো, পল্লবী মাথা নেড়ে সম্মতি জানায়। ওদের কান্ড দেখে রিয়া আর সবিতা হাসাহাসি করতে থাকে। রেখাদেবী দু'জনকেই কাছে টেনে নিয়ে আদর করেন।

5

অঙ্গীকার

(প্রমিস ডে স্পেশাল)

বিপ্লব মুখার্জি আর আরতি মুখার্জির একমাত্র আদরের মেয়ে মিথিলা। ছোটোবেলা থেকে বিপ্লববাবু চেয়েছিলেন মেয়ে সব সময় মাথা উঁচু করে বাঁচবে, জীবনে কখনো নিজের আত্মসম্মান এর সাথে আপোষ করবে না। আরতিদেবীর সাথে বিপ্লববাবুর মাঝে মাঝে এই নিয়ে ঝামেলা হলেও, মিথিলা ছোটোবেলা থেকেই বাবার আদর্শ বুকে নিয়ে বড়ো হয়েছে। অন্যায় সে সহ্য করতে পারে না।

কলেজে পড়ার সময় সাগ্নিকের সাথে প্রেম হয় মিথিলা। মিথিলার থেকে দুই বছরের বড়ো ছিলো সাগ্নিক। পড়াশোনা শেষ করে সাগ্নিক একটা ভালো চাকরি পেয়ে যায়, আর এদিকে মিথিলা পড়াশোনার পাশাপাশি বাবার ব্যবসা দেখাশোনা করতে থাকে।

দুই বাড়ির কারোর কোনো আপত্তি না থাকায় সাগ্নিক আর মিথিলার ধুমধাম করে বিয়ে হয়ে যায়। মিথিলা একটা নতুন জগতে প্রবেশ করে। প্রথম একবছর সব কিছু ঠিক ছিল। কিন্তু হঠাৎ করে বিয়ের এক বছর এর মাথায় বিপ্লববাবু ম্যাসিভ হার্ট অ্যাটাকে মারা যান। এটা খুবই অপ্রত্যাশিত ছিল। স্বামীর এভাবে চলে যাওয়ার পর মিথিলার মা আরতিদেবী মানসিক দিক থেকে খুব ভেঙে পড়েন। মিথিলার পুরো জগৎটাই যেন বদলে যায়।

মাকে একা ফেলে রেখে মিথিলার পক্ষে সাগ্নিক এর সাথে ফিরে যাওয়া সম্ভব ছিল ন। তাই মিথিলা সাগ্নিকের কাছে কিছুদিন সময় চেয়ে নিয়েছিল। সাগ্নিক যদিও মিথিলাকে বলেছিলো যে, সে মিথিলার সাথেই আছে। প্রথম

কয়েকমাস সবকিছু ঠিকঠাকই চলছি। মিথিলা সবকিছু একা হাতে সামলেছে। মায়ের চিকিৎসা, সাংসারিক সব ঝামেলা, বাবার ব্যবসা সবটা। সাগ্নিক দু-একদিন পরপর সন্ধ্যাবেলার দিকে আসতো, কিছুক্ষণ থেকে আবার চলে যেত।

এ নিয়ে মিথিলার সাথে সাগ্নিকের কোনো ঝামেলা হয়নি। কিন্তু কয়েকমাস পর থেকেই মিথিলা দেখতে পেলো, সাগ্নিক এ বাড়িতে আসা অনেকটা কমিয়ে দিয়েছে। এমনকি ফোন করলেও ব্যস্ততার অজুহাত দিয়ে ফোন রেখে দেয়।

প্রথম প্রথম মিথিলা ভেবেছিলো, সাগ্নিক হয়তো সত্যিই ব্যস্ত। কিন্তু একদিন কিছু দরকারি জিনিস কেনার জন্য মিথিলা একটি শপিংমলে যায়। হঠাৎ করে মিথিলা দেখতে পায়, সাগ্নিক অন্য একটি মেয়ের সাথে হেসে হেসে কথা বলছে, তাদের দেখে মনে হচ্ছে তারা শপিং করতেই এখানে এসেছে। মিথিলা তাদের সামনে না গিয়ে একটু সাইডে গিয়ে সাগ্নিক কে ফোন করে। মিথিলা দেখতে পেল, সাগ্নিক প্রথমবার তার ফোনটা দেখেও রিসিভ করলো না। মিথিলা আবার ফোন করলো, এবার সাগ্নিক ফোনটা রিসিভ করে, মিটিংয়ে আছি পরে কথা বলছি, এটা বলে ফোন কেটে দিল।

মিথিলা যেন নিজের চোখ কান কোন কিছুকেই বিশ্বাস করতে পারছিল না। এই মেয়েটা কে?

সাগ্নিক কেনই বা তাকে মিথ্যে কথা বললো। এটা মিথিলা কিছুতেই বুঝতে পারছিল না। কোন রকমে নিজেকে কিছুটা সামলে নিয়ে মিথিলা বাড়ি ফিরলো। বাড়িতে এসে দেখে মা ঘুমের ওষুধ খেয়ে ঘুমাচ্ছে। মায়ের মাথায় হাত বুলিয়ে দেয় মিথিলা। সুধাদি বললো, মাসিমা তোমার কথা জিজ্ঞাসা করছিল। আমি বললাম তুমি দোকানে গেছো। তারপর নিশ্চিন্তে ঘুমিয়ে পড়লো। তোমাকে একটু চা করে দেবো দিদি?

মিথিলার মাথা খুব ব্যথা করছিলো, সে সুধাদিকে চা আনতে বলে নিজের ঘরে যায়। ঘরে গিয়ে ড্রেস চেঞ্জ না করেই বিছানায় চুপ করে বসে থাকে।

কিছুক্ষণ পরে সুধা চা নিয়ে এসে বলে- কি গো দিদি, কি হয়েছে তোমার? এখনো বাইরের জামা কাপড় পড়েই বসে আছো যে?

মিথিলা কোনো উত্তর দিচ্ছে না দেখে, সুধা চায়ের কাপটা টেবিলে রেখে নিজের কাজে চলে যায়।

মিথিলা টেবিলে রাখা বিপ্লববাবুর ছবিটাকে বুকে জড়িয়ে ধরে কাঁদতে শুরু করে। আমি কি করবো বাপি, তুমি আমাকে বলে দাও। অনেকক্ষণ

ধরে এভাবে কাঁদার পরে মিথিলা কিছুটা স্বাভাবিক হয়। তারপর হঠাৎ বাড়ি থেকে বেড়িয়ে যায়। সুধা জিজ্ঞাসা করে, দিদি এতো রাতে কোথায় যাচ্ছ?

মিথিলা যেন কোন কথাই শুনতে পায় না। কোন রকমে স্কুটি চালিয়ে মিথিলা সাগ্নিকের বাড়িতে যায়। দরজা খুলে মিথিলাকে দেখে চমকে উঠেন মিথিলার শ্বাশুড়ি শিবানীদেবী। তিনি কিছু জিজ্ঞাসা করার আগেই মিথিলা ঘরে ঢুকে যায়। ডাইনিং রুমে তখন সবাই ডিনার করছে। সবার মাঝখানে শপিং মলের সেই মেয়েটাকেও দেখতে পায় মিথিলা। মিথিলার আর বুঝতে কিছু অসুবিধা থাকে না। সে একবার সাগ্নিক এর দিকে ঘুরে তাকিয়ে নিজের বেডরুমে গিয়ে দরকারী কিছু জিনিস নিয়ে বেড়িয়ে যেতে যেতে অদ্ভুত একটা হাসি হেসে বলে -মিটিং চলছে বলে মিথ্যা কথা না বললেও পারতে। আমি তোমাকে বিশ্বাস করতাম, ধন্যবাদ সেটা ভাঙার জন্য। আজকে থেকে আমি তোমাকে মুক্তি দিলাম। ভালো থেকো তোমরা, এই বলে সেখান থেকে বেড়িয়ে যায়।

এরপর কেটে গেছে কয়েকটা বছর। এই কয়েক বছরে মিথিলা একবারের জন্যও সাগ্নিক এর সাথে কথা বলেনি। প্রথম প্রথম সাগ্নিক কয়েকবার ফোন করেছিলো, কিন্তু মিথিলা ফোন রিসিভ করেনি বরং উকিলের হাতে করে ডিভোর্স পেপার সাগ্নিকের বাড়ি পাঠিয়ে দিয়েছিল। সেদিন রাতে মিথিলা তার বাপিকে প্রমিস করেছিলো, নিজের আত্মসম্মান এর সাথে কখনো আপোষ করবে না। এই কয়েক বছরে সেই কথাটাই অক্ষরে অক্ষরে পালন করেছে মিথিলা। মায়ের চিকিৎসা করে মা-কে আবার সুস্থ স্বাভাবিক জীবনে ফিরিয়ে দিয়েছে সে। বাপির ব্যবসাকে অনেক উঁচুতে নিয়ে গেছে। তাছাড়া আর একটা কাজ সে করেছে, সেটা হলো বিশেষ চাহিদা সম্পন্ন মানুষদের জন্য একটি হোম বানিয়েছে। সেটার নাম দিয়েছে 'অঙ্গীকার'।

মিথিলার বাবা মারা যাওয়ার পরে মিথিলা যখন নিজের মায়ের কাছে থাকতে শুরু করে তখন সাগ্নিক তার অফিসের নতুন বসের প্রেমে পড়ে। তার বাড়ি থেকেও সেভাবে কারো আপত্তি ছিল না। তারা ভেবেছিল মিথিলার পক্ষে শ্বশুর বাড়ির দিকের কোন দায়িত্ব পালন করা সম্ভব নয়। তারা ভেবেছিল মিথিলা দায়িত্বজ্ঞানহীন। তাই তারা সাগ্নিকের সাথে রেশমির সম্পর্ক খুশি মনে মেনে নিয়েছিল। ভেবেছিল এতে তারা অনেক লাভবান হবে কিন্তু যত দিন যাচ্ছিলো রেশমির ব্যবহারে সাগ্নিক আর তার পরিবার বুঝতে পারছিলো যে, রেশমি নিজের স্বার্থ ছাড়া কিছুই বোঝে না। ফলে আস্তে আস্তে রেশমির সাথে সাগ্নিকের সম্পর্ক ভেঙে যায়।

সাগ্নিক নিজের ভুল বুঝতে পারে কিন্তু মিথিলার কাছে ফিরে যাওয়ার মুখ তার নেই। এক শহরে থাকলেও আজকে তাদের মধ্যে অনেক দূরত্ব। যে দুরত্বটা অতিক্রম করার সাধ্য সাগ্নিক এর নেই।

রেশমির সাথে সম্পর্কটা ভেঙে যাবার পর সাগ্নিকের পুরনো চাকরিটাও চলে গিয়েছিলো। দিনের পর দিন বাড়িতে বসে সংসার চালানো সাগ্নিক এর পক্ষে অসম্ভব হয়ে গিয়েছিল আর এদিকে রেশমি সাগ্নিক এর কেরিয়ারে এমন দাগ লাগিয়েছিল যে সাগ্নিক অন্য কোথাও চাকরি পাচ্ছিলো না। মনের মধ্যে অনেক দ্বিধাদ্বন্দ্ব নিয়ে সাগ্নিক একদিন মিথিলার অফিসে যায়। মিথিলার সাথে দেখা হয় সাগ্নিকের।

পুরনো মিথিলার সাথে এই মিথিলার অনেক পার্থক্য। মিথিলা সাগ্নিকের সব কথা মন দিয়ে শুনে তাকে এক বন্ধুর অফিসের ঠিকানা দিয়ে তার সাথে সাগ্নিককে দেখা করতে বলে। মিথিলা এও জানায় যে সে ফোন করে সব বলে দেবে, সাগ্নিকের চাকরি পেতে কোন অসুবিধা হবে না। সাগ্নিক মিথিলাকে ধন্যবাদ জানিয়ে উঠে চলে যেতে যেতে কি মনে করে হঠাৎ ফিরে তাকিয়ে জিজ্ঞাসা করে, আরেকবার কি আমায় সুযোগ দেওয়া যায় না মিথিলা। আমি প্রমিস করছি, আমি আর কখনো তোমার বিশ্বাসের কোনো অমর্যাদা করবো না।

মিথিলা তখন সাগ্নিক কে বলে, প্রমিস তো তুমি এর আগেও করেছিলে যখন আমার সাথে প্রেম করেছিলে। যখন আমাদের বিয়ে হয়েছিল আর যখন বাপি চলে গিয়েছিল। প্রতিবারই তুমি প্রমিস করেছিলে, তুমি আমার পাশে থাকবে কিন্তু সত্যি কি তাই হয়েছে, তুমি কি সত্যিই আমার পাশে থেকেছো? যেই সময়টা আমার তোমাকে সব থেকে বেশি প্রয়োজন ছিল, সেই সময়টা তুমি আমার সাথে কি করেছো, একবার ভেবে দেখো।

সাগ্নিক মাথা নিচু করে বলে, আমার ক্ষমা চাওয়ার কোন মুখ তোমার কাছে নেই। তবু আমি চাই, একবার শেষবারের মতো তুমি আমাকে ক্ষমা করে দাও। মিথিলা তখন হেসে বলে– তোমার ওপরে কোন মান অভিমান কিছুই আমার নেই। আমি তোমাকে অনেক আগেই ক্ষমা করে দিয়েছি। কিন্তু আমি আর তোমার জীবনে ফিরে আসতে পারবো না। কারণ আমি কখনো সেকেন্ড চয়েস হয়ে থাকতে চাই না। যদি তোমার বসের সাথে তোমার সম্পর্ক ঠিক থাকতো তাহলে হয়তো আমার কথা তোমার মনেও পড়তো না। যেহেতু সেই সম্পর্কটা টেকেনি তাই এখন তুমি আমার কাছে ফিরে আসতে চাইছো কিন্তু আমার বাপি আমাকে কখনো নিজের আত্মসম্মান এর সাথে

আপোষ করতে শেখায়নি আর আমি বাপির কাছে প্রমিস করেছিলাম যে, আমি কখনো নিজের আত্মসম্মানকে বিসর্জন দেবো না। তুমি নিজের প্রমিস না রাখলেও আমি নিজের প্রমিস রাখতে জানি। তুমি এখন আসতে পারো। আরো অনেকে অপেক্ষা করে আছে আমার সাথে দেখা করার জন্য। সাম্নিক আর কিছু বলতে পারে না চুপচাপ মাথা নিচু করে সেখান থেকে বেড়িয়ে যায়।

মিথিলার চোখ দুটো হঠাৎ ঝাপসা হয়ে আসে। এই মানুষটাকে সে একদিন পাগলের মত ভালবেসেছিল। নিজেকে সামলে নিয়ে চোখের জল মুছে মিথিলা বিপ্লববাবুর ছবিটা হাতে তুলে নিয়ে বলে, দেখো বাপি তোমাকে দেওয়া প্রমিস আমি রেখেছি। আমি নিজের আত্মসম্মানকে হেরে যেতে দেইনি। আমি আমার কথা রেখেছি বাপি, তুমি খুশি হয়েছো তো? ছবির ভেতর থেকে বিপ্লববাবু মুখটা হঠাৎ যেন উজ্জ্বল হয়ে ওঠে।

6

জাদু কি ঝাপ্পি

(হাগ ডে স্পেশাল)

স্কুলে পড়ার সময় মুন্নাভাই M.B.B.S দেখে এতো বেশী অনুপ্রেরণা পায় রাহুল যে সেই থেকে বাস্তব জীবনে মুন্নাভাইয়ের মত জাদু কি ঝাপ্পি দিয়ে যে কোন সমস্যা সমাধানের চেষ্টা করে সে। কিছু কিছু সমস্যা এভাবে সমাধানও হয়েছে। যদিও কলেজে পড়ার সময় অনেক মেয়েকে জাদু কি ঝাপ্পি দিতে গিয়ে মার খেতে খেতে বেঁচেছে। তবুও বাস্তব জীবনে এর প্রয়োগ থেকে কিছুতেই নিজেকে বিরত রাখতে পারে না রাহুল।

পড়াশোনা শেষে রাহুল একটা সরকারী স্কুলে চাকরী পায়। প্রথম দিন প্রথম পিরিয়ড এ ক্লাস সিক্সে যায় রাহুল। যদিও সে গেম টিচার, তবুও আজকে অন্য একজন টিচার অবসেন্ট থাকায় তাকে প্রথম ক্লাসে যেতে হচ্ছে। বাচ্চাদের সাথে খুব সহজে মিশে যেতে পারে সে। সব বাচ্চাদের সাথে প্রথম দিন খুব ভালো ভাবে সময় কাটে তার। তাদের মধ্যে একটা বাচ্চা রাহুলের নজর কাড়ে। অন্য সবার মতো সে খুশি হয়েছে কিনা সেটা বুঝতে পারে না রাহুল। শেষ বেঞ্চে চুপচাপ করে বসে আছে সে। রাহুল সামনে গিয়ে সেই বাচ্চাটির দিকে হাত বাড়িয়ে বলে– Hi, I am রাহুল, নাম তো শুনা হি হোগা? বাচ্চাটি এবার হেসে রাহুলের দিকে হাত বাড়িয়ে দেয়।

রাহুল এবার সবাইকে নিজের পছন্দ মতো কিছু করতে বলে, সবাই যে যার মতো কেউ গান, কেউ ডান্স, আবার কেউ কবিতা আবৃত্তি করে। অর্জুন একটা সুন্দর গান করে। রাহুল অবাক হয়ে যায়, এতো ছোটো ছেলে এতো সুন্দর গান করে দেখে।

কয়েকদিন এর মধ্যে রাহুল বুঝতে পারে যে, অর্জুন পড়াশুনা, গান সবেতেই খুব ভালো কিন্তু তবুও কেন যেন স্কুলের অন্যান্য বাচ্চাদের সাথে অর্জুন ঠিকভাবে মিশতে পারে না। কোথাও যেন একটা এমন কিছু আছে যেটা অন্যদের থেকে আলাদা।

রাহুল লক্ষ্য করেছে যে অর্জুনের বন্ধু সেভাবে কেউ নেই। সবসময় একা একা থাকে সে। দু'দিন পরে শেষ পিরিয়ডে ক্লাস সিক্স এর গেম ক্লাস ছিল। রাহুল সবাইকে মাঠে আসতে বলে দিয়েছিল। সেই নির্দেশ মেনে সকলে মাঠে এসেছে কিন্তু অর্জুনকে সেই দলের মধ্যে দেখতে পেল না রাহুল। অর্জুন এর কথা জিজ্ঞাসা করলে অন্যান্য ছেলেরা বলে-ও তো খেলতে পারবে না স্যার, ওর তো পায়ের সমস্যা। সব স্যাররা ওকে তাই খেলতে না করেছে।

রাহুল এতদিন যে প্রশ্নটার উত্তর খুঁজছিলো সেটার উত্তর যেন পেয়ে গেল। রাহুল শ্রেয়ানকে জিজ্ঞাসা করে- ও হাঁটতে পারে না?

শ্রেয়ান বলে- হাঁটতে পারে স্যার। রাহুল তখন শ্রেয়ানকে বলে অর্জুনকে ক্লাসরুম থেকে ডেকে আনতে। সবাই অবাক হয়ে জিজ্ঞাসা করে, অর্জুন কি আমাদের সাথে খেলবে?

রাহুল বলে- কেন খেলবে না, ও তো হাঁটতে পারে, তাহলে খেলবে না কেন?

অর্জুন এসে চুপ করে মাঠে দাঁড়ায়। রাহুল তখন বলে ওখানে না লাইনে দাঁড়াও। অর্জুন ছলছল চোখে রাহুলের দিকে তাকিয়ে বলে, আমি পারবো না স্যার। রাহুল তখন অর্জুনের ঘাড়ে হাত রেখে বলে, চেষ্টা না করে হার মেনে নিতে নেই। অর্জুন আর কিছু বলে না, চোখ মুছে লাইনে দাঁড়ায়।

রাহুল ফ্রি হ্যান্ড এক্সারসাইজ করানো শুরু করে। অন্য সবার মতো অর্জুনও চেষ্টা করছে। অন্যদের থেকে এই কাজগুলো করতে অর্জুনের একটু সমস্যা হচ্ছে ঠিকই কিন্তু সে তবুও হাসি মুখে চেষ্টা করে যাচ্ছে। এভাবে প্রায় একমাস কেটে যায়। অর্জুন এখন আগের থেকে অনেক বেশি স্বাভাবিক। ক্লাসের অন্যান্য বাচ্চাদের সাথে আগে তার যেই দূরত্ব ছিলো, সেটা এখন অনেক কমে গেছে। মাঝে মাঝে অর্জুনকে ডেকে গান শোনে রাহুল। এই নিয়ে অবশ্য স্কুলের অন্যান্য টিচাররা একটু অসন্তুষ্ট হয়। তবুও রাহুল খুব খুশি, অর্জুনের এই পরিবর্তন দেখে।

একদিন হেডস্যার রাহুলকে নিজের রুম এ ডেকে বলেন- সামনের মাসে ডিস্ট্রিক্ট স্পোর্টস। তুমি তো শুনেছো নিশ্চই যে, এবার ডিস্ট্রিক্ট স্পোর্টস আমাদের শহরে হবে। রাহুল মাথা নেড়ে সম্মতি জানায়।

হেডস্যার আবার বলেন যে- আমাদের স্কুল থেকে বরাবর স্পোর্টসে খুব ভালো ফল করে। তুমি এবার নতুন এসেছো, তুমি আজকে থেকেই শুরু করে দাও, কিভাবে কি করবে?

ঠিক আছে স্যার, আমি দেখছি। এই কথা বলে রাহুল বেড়িয়ে যায়।

লাস্ট পিরিয়ড এ সব ক্লাস কে একসাথে মাঠে আসতে বলা হয়। ওখানে সব টিচাররাও প্রেজেন্ট ছিলেন। কে কোন বিভাগে অংশগ্রহণ করবে, সেটা ঠিক করে দেওয়া হয়। সবাই অবাক হয়ে যায় এটা শুনে যে, বেশ কিছু গুরুত্বপূর্ণ বিভাগে অর্জুন অংশগ্রহণ করবে।

অন্যান্য শিক্ষকদের মধ্যে কেউ কেউ এটা নিয়ে তীব্র আপত্তি জানায়। হেডস্যার রাহুলকে আলাদা ডেকে নিয়ে বলেন, দেখো রাহুল আমাদের স্কুলের একটা রেপুটেশন আছে সেটা তোমাকে আগেই বলেছিলাম। একটা ছেলেকে এগিয়ে দেবার জন্য আমি বাকিদের ভবিষ্যতের সাথে কোনরকম আপোষ করতে রাজি নই।

আমি কাউকে এগিয়ে নিয়ে যাওয়ার জন্য অন্য কারো সাথে অন্যায় করছি না স্যার। আমি ভালোভাবে জানি আমি কাকে কোন জায়গাটা দিয়েছি, যে জায়গাটা যে ডিজার্ভ করে, তাকে সেই জায়গাটাই দেওয়া হয়েছে। তুমি কি বলতে চাও, অর্জুন পারবে?

কেন পারবে না স্যার, ও তো অন্য বাচ্চাদের মতোই সুস্থ স্বাভাবিক। জন্ম থেকে ওর একটা পা একটু ছোট। সেই কারণে ওর মনে একটু দুর্বলতা আছে কিন্তু তার থেকেও বেশি আশেপাশের সব মানুষ এমনকি স্কুলের শিক্ষকরা পর্যন্ত ওর সাথে যেমন ব্যবহার করে তাতে মনে হয় ও নিজের পায়ে দাঁড়াতেই পারে না। এর ফলে দিন দিন ও নিজেও ভেবে নিচ্ছিল যে ও কিছু করতে পারবে না। কিন্তু এই এক মাসে অর্জুন অনেক বেশি কনফিডেন্স নিজের মধ্যে খুঁজে পেয়েছে। আমরা যদি ওকে একটা সুযোগ দেই তাহলে ও সারা জীবন মাথা উঁচু করে আত্মবিশ্বাস নিয়ে বাঁচবে। আমরা কি ওকে একটা সুযোগ দিতে পারি না স্যার?

আমি পারবো না স্যার, বলে হেড স্যারের রুমের দরজা থেকে ছুটে পালিয়ে যায় অর্জুন। মাঠে তার নাম ঘোষণা হওয়ার পর অর্জুন রাহুল স্যার কে ধন্যবাদ জানাতে চেয়েছিল, রাহুল স্যার হেড স্যারের রুমে কথা বলছেন দেখে অর্জুন, হেড স্যারের রুমের দরজার বাইরে দাঁড়িয়ে রাহুল স্যার এর জন্য অপেক্ষা করছিল। সেখানে দাঁড়িয়ে হেড স্যার আর রাহুল স্যার এর সব কথা শুনে ফেলে অর্জুন। তারপরে সেখান থেকে ছুটে পালিয়ে যায়।

এটা ঠিক হলো না স্যার, আজকে যদি অর্জুন নিজের আত্মবিশ্বাস হারিয়ে ফেলে তাহলে আর কোনোদিনই ও আত্মবিশ্বাস ফিরে পাবে না। কথাটা বলে রাহুল অর্জুন কে অনুসরণ করে ছুটে বেড়িয়ে যায়।

মাঠে কোথাও অর্জুনকে খুঁজে না পেয়ে, রাহুল ক্লাসরুমে যায়। সেখানে গিয়ে দেখে অর্জুন চুপচাপ বসে কাঁদছে। রাহুল রুমে ঢুকতেই অর্জুন উঠে দাঁড়িয়ে তার সামনে গিয়ে বলে- আমি পারবো না স্যার, আপনি অন্য কাউকে নিন। আমি খেলবো না।

রাহুল তখন হাটু গেড়ে বসে, অর্জুনকে জড়িয়ে ধরে বলে।

“পারিব না এ কথাটি বলিও না আর
কেনো পারিবে না তাহা ভাবো একবার
পাঁচ জনে পারে যাহা
তুমিও পারিবে তাহা
পারো কি না পারো করো যতন আবার
একবারে না পারিলে দেখো শতবার।”

এই কথাটা সব সময় মনে রাখবি। যখনই মনে হবে, আমি পারবো না তখনই নিজের মনের মধ্যে একটা জেদ রাখতে হবে। আমাকে পারতেই হবে। আমি আজকে তোর জন্য চ্যালেঞ্জ নিয়েছি। তুই আমাকে হারিয়ে দিবি?

অর্জুন চোখ মুছে বলে– আমি পারবো স্যার। এটা বলে রাহুলকে জড়িয়ে ধরে। এক মাস ধরে অনেক পরিশ্রম করে অর্জুন। আজকে ডিস্ট্রিক্ট স্পোর্টসে প্রথম দৌড় অর্জুনের। কেমন যেন নার্ভাস লাগছে তার। চারদিকে তাকিয়ে শুধু রাহুল স্যার কেই খুঁজে যাচ্ছে সে।

রাহুল স্যার হঠাৎ সামনে এসে অর্জুনকে জড়িয়ে ধরে বলে– আমরা করব জয় নিশ্চয়। হ্যাপি হাগ ডে, আর আমি আজকে তোকে জাদু কি ঝাপ্পি দিয়ে দিলাম। এবার তোকে জিততেই হবে। কি পারবি তো? পারবো স্যার, আমাকে পারতেই হবে।

সেবার ডিস্ট্রিক্ট স্পোর্টসে অবিশ্বাস্য ভাবে সব বিভাগেই অর্জুন খুব ভালো ফল করে। প্রাইজ নেবার সময় রাহুল স্যার-কে খোঁজে অর্জুন। রাহুল এগিয়ে এসে অর্জুনকে জড়িয়ে ধরে উৎসাহ দেয়।

অর্জুন প্রাইজ নিচ্ছে দেখে রাহুল নিজের চোখের জল আটকে রাখতে পারে না। হেডস্যার পেছন থেকে এসে রাহুলের ঘাড়ে হাত রেখে বলে, সেদিন আমি ভুল ছিলাম, আর তুমি ঠিক। আজকে অর্জুন এর মধ্যে এই পরিবর্তন শুধু তোমার জন্য হয়েছে। আমি চাই তুমি এমন ভাবেই নিজের মতো করে সব

ছাত্রদের এগিয়ে নিয়ে যাও। আমি সব সময় তোমার সাথে আছি। এই বলে, হেডস্যার চলে যেতে নিয়ে আবার ফিরে এসে বলেন, ওই যে তুমি কি দাও স্টুডেন্টদের, জাদু কি ঝাপ্পি না কি যেন, আজকে আমাকে একটু দেবে?

রাহুল অবাক হয়ে যায়। হেডস্যার এবার নিজেই রাহুলকে জড়িয়ে ধরে বলেন, আজকে আমি দিয়ে দিলাম জাদু কি ঝাপ্পি। এরপর দুজনই হাসতে থাকে।

7

পরশ

(কিস ডে স্পেশাল)

মাত্র তিনদিনের জ্বরে দুই বছরের মেয়ে পারুলকে রেখে যমুনা চোখ বুজলো। পারুল তখন নিতান্তই বাচ্চা। কিছু বুঝে ওঠার মতো অবস্থা তার ছিল না। কিন্তু পারুলের বাবা মাহিম, যে কিনা ছিলো পেশায় লরির ড্রাইভার কেমন যেন একটা হয়ে গেলো। যমুনা-কে সে ভালোবেসে বউ করে এনেছিল। সেই যমুনার এভাবে চলে যাওয়ার পর মহিম দিনরাত নেশা করে থাকতো। পারুলের প্রতি তার টান ছিল ঠিকই কিন্তু নেশা করলে সব ভুলে যেত সে।

মহিমের মা-বাবা কেউ ছিল না। ফলে ছোট পারুল কখনো পাশের বাড়ির শেফালী বৌদি, কখনো সামনের বাড়ির মিতা কাকিমার কাছে বড়ো হতে থাকলো। কিন্তু এভাবে আর কতদিন চলে। তাই সবাই মিলে মহিম কে বোঝালো সে যেন আবার একটা বিয়ে করে। প্রথমে মহিম কিছুতেই রাজি ছিল না, পরে সবার বোঝানোর পর পারুলের কথা চিন্তা করে মহিম বিয়েতে মত দেয়।

দেখে শুনে পাশের বস্তির মেয়ে নয়নকে বিয়ে করে মহিম। নয়নের বাবা-মা কেউ নেই, মামা মামির সংসারে মানুষ। তাই তারাও সব জেনেশুনেই মহিমের মত একটা ছেলের সাথে নয়নের বিয়েতে কোন আপত্তি করেনি।

বিয়ের পর নয়ন শ্বশুর বাড়িতে আসে। শ্বশুরবাড়ি বলতে দুটো ভাঙাচোরা ঘর, মদ্যপ স্বামী, অভাবের সংসার আর সতীনের একটি মেয়ে এটাই সে পেয়েছিল।

বিয়ের প্রথম রাতেই সে বুঝে গিয়েছিল যে তার সতীন মরে গেলেও তার স্বামী শুধু তাকেই ভালোবাসে। তার মনে নয়নের জন্য কোনদিনও ভালোবাসা জন্মাবে না।

বিয়ের পর থেকে মহিম লরি নিয়ে বেড়িয়ে কখনো দু'দিন পর, কখনো তিনদিন, কখনো চার দিন আবার কখনো এক সপ্তাহ বা পনেরো দিন পরে ফিরতো। কোনরকমে জোড়াতালি দিয়ে সংসার চালাত নয়ন। ফলে সব রাগ গিয়ে পড়তো ওই একরত্তি মেয়েটার উপর।

বিয়ের পর থেকে পারুলকে কখনো কোলে তুলে আদর পর্যন্ত করেনি নয়ন। তার সব দুঃখের জন্য মনে মনে পারুলকে দায়ী করতো নয়ন।

এভাবে কেটে যায় প্রায় আড়াই বছর। নয়নকে ভালো না বাসলেও নেশার ঘোরে মাঝে মাঝে যমুনা ভেবে ভুল করে মহিম কাছে আসতো নয়ন। যার ফলে নয়ন এর একটা ছেলে হয়।

ছেলের জন্মানোর পর মহিমের মধ্যে কিছুটা পরিবর্তন আসে। আগের মতো নেশা করে না, সংসারে যেন কিছুটা মনোযোগী হয়েছে সে। এই ছয় মাস বেশ ভালোই কাটে নয়নের। স্বামী সন্তান নিয়ে সুখের সংসার। যার স্বপ্ন সে এতকাল ধরে দেখেছে কিন্তু মহিম যখন পারুল কে আদর করে সহ্য করতে পারে না নয়ন। পারুল-কে যেন তার সংসারে অতিরিক্ত আবর্জনা বলে মনে হয় নয়নের। সাড়ে চার-পাঁচ বছরের পারুলকে দিয়ে বাড়ির অনেক কাজ করায় নয়ন। সেটা অবশ্য মহিম কে না জানিয়ে। মহিমের সামনে পারুলের সাথে ভালো ব্যবহার করে নয়ন। মহিম মনে মনে ভাবে, যাক মা মরা মেয়েটা একটা মা পেয়েছে। এই ভেবে মনে মনে শান্তি পেয়েছিলো মাহিম।

কিন্তু একদিন মহিম পারুলের সাথে নয়নকে খারাপ ব্যবহার করতে নিজের চোখে দেখে ফেলে। যার ফলে দু'জনের মধ্যে চরম অশান্তি হয়, নয়ন এসবের জন্যও পারুলকে দোষী মনে করে। ফলে পারুলের ওপর আরো বেশী বেশী আঘাত করে নয়ন।

ছোট্ট পারুল কিন্তু নিজের মা বলতে নয়নকেই চেনে। তাই এই মা, ভাই দু'জনকেই খুব ভালোবাসে পারুল। এদিকে নয়নের ছেলে বাবাই সবেমাত্র হাঁটতে শিখেছে। সেদিন রান্না করতে করতে কিছু জিনিস এর দরকার হয় নয়ন এর। মাহিম বাড়িতে ছিলো না আর পারুল স্কুলে গিয়েছিল। বাড়িতে কেউ না থাকায় নয়ন নিজেই সামনের দোকানে যায়। দোকানটা বাড়ির একেবারে কাছে তাই বাবাইকে সাথে নিয়ে যায় না নয়ন। যদিও যাওয়ার সময় সে সামনের গেটটা বন্ধ করে যায়, যাতে বাবাই বাইরে বেড়োতে না

পারে। এদিকে বস্তির বাচ্চারা খেলতে খেলতে ভুল করে নয়নের বাড়ির গেট খুলে চলে যায়। যার ফলে ছোট্ট বাবাই ঘর থেকে বাইরে বেড়িয়ে যায়। এদিকে তখনই একটা বাইক ওই রাস্তা দিয়ে খুব জোরে যাচ্ছিলো। বাবাই প্রায় বাইক এর সামনে পড়বে এমন সময় কোথা থেকে পারুল ছুটে এসে বাবাইকে টেনে ধরে। সাথে সাথে অনেক লোক জমা হয়ে যায়। বাবাই এর কিছু হয়নি, কিন্তু পারুল এর মাথা বেশ কিছুটা ফেটে যায়। একটু দূরে দাঁড়িয়ে নয়ন সবটাই দেখে। সে ছুটে এসে বাবাইকে কোলে তুলে নেয় l কিন্তু অন্য দিনের মতো পারুলকে ফেলে চলে যেতে পারে না। তাই একটা টোটো ডেকে পাশের বাড়ির এক বৌদিকে সাথে নিয়ে পারুলকে হাসপাতালে নিয়ে যায় নয়ন।

আজকে কেন যেন পারুলের জন্য খুব কষ্ট হয় নয়নের। পারুলের মাথায় যখন সেলাই করছিল সেই মুহূর্তে নয়নের চোখ দিয়ে জল গড়িয়ে পড়ে। বাড়ি ফিরে বাবাই এর জন্য রাখা দুধের থেকে এক গ্লাস গরম দুধ নিয়ে পারুলের কাছে যায় নয়ন। বিছানার এক কোণে পারুল শুয়ে আছে, তার পাশে বাবাই নিশ্চিন্তে ঘুমাচ্ছে। নয়ন দুধের গ্লাসটা হাতে নিয়ে পারুলের মাথায় হাত রাখে। পারুল যেন চমকে ওঠে। এবার নয়ন পারুলের কপালে একটি চুমু দেয়। জীবনে প্রথমবার ভালোবাসার পরশ পেয়ে পারুল মা বলে শক্ত করে নয়নকে জড়িয়ে ধরে। নয়নও পরম আদরে পারুলকে জড়িয়ে ধরে আদর করতে থাকে।

ঘরের বাইরে দাঁড়িয়ে এই সবকিছুই দেখে মহিম। পারুলের সাথে যেদিন নয়নকে খারাপ ব্যবহার করতে সে নিজে চোখে দেখেছিল সেদিন থেকে নয়নের সাথে কোন কথা বলেনি মহিম। আজকে নয়নের আর পারুলের মধ্যে এই ভালোবাসা তার মনকেও ছুঁয়ে যায়। মানিব্যাগটা বের করে, যমুনার ছবিটা দেখে মাহিম মনে মনে বলে, আজকে পারুল মাকে ফিরে পেল যমুনা। তুমি খুশি হয়েছো তো?

অনেক রাতে সব কাজ সেরে নয়ন যখন ঘরে আসে তখন দেখে বাচ্চাদুটো ঘুমিয়ে আছে, কিন্তু অন্যদিনের মতো মাহিম ঘুমিয়ে পড়েনি। নয়ন ঘরে আসতেই মহিম তার কাছে ক্ষমা চেয়ে বলে, আজকে থেকে তারা সবাই নতুন করে পথ চলা শুরু করবে। নয়নও স্বামীর কাছে ক্ষমা চেয়ে নেয়। আর বলে যমুনাদিদির জায়গা আমি কোনোদিন নেবো না। আমি আজকে থেকে তোমার বৌ এবং পারুল আর বাবাই এর মা হয়েই থাকতে চাই। মাহিম নয়নকে জড়িয়ে ধরে বলে জানো ওই মোড়ের মাথার পলাশ বলছিলো যে আজকে নাকি কিস ডে। এই বলে নয়নকে জড়িয়ে ধরে অনেক কিস করতে

আশীরো

থাকে মহিম। এই প্রথম প্রকৃত অর্থে স্বামীর আদর পেয়ে নয়ন লজ্জায় রাঙা হয়ে যায়।

৪

তোমায় আমায় মিলে

(ভ্যালেন্টাইন্স ডে স্পেশাল)

শ্রুতির সাথে যেদিন আকাশের প্রথম পরিচয় হয়েছিল, সেদিনটা ছিল বড়ই অদ্ভুত। শ্রুতির অফিস ছুটি থাকায় সে দুপুরে ফেসবুক ঘাটছিল, সাধারনত খুব একটা ফেসবুকে অ্যাকটিভ থাকে না শ্রুতি। তাকে ফ্রেন্ড রিকোয়েস্ট পাঠিয়ে রেখেছে এমন অনেক প্রোফাইল এর মধ্যে থেকে একটা প্রোফাইলে তার নজর আটকে যায়, নাম আকাশ মল্লিক, প্রোফাইল পিকচার এ আছে একটা ঝর্ণার সামনে দাঁড়ানো ছবি। ছোটবেলা থেকেই ঝর্না খুব প্রিয় শ্রুতির। তাই মুহূর্তে ছবিটা দেখে তার নজর আটকে যায়।

প্রোফাইলের ছবিটা দেখে সে ভাবতে থাকে, চেনা নাকি অচেনা কেউ?

কিছুক্ষণ ভেবে সে আকাশ মল্লিক-কে একটি মেসেজ করে বসে- আপনি কি আমাকে চেনেন?

কিছুক্ষন পরে ওপার থেকে জবাব আসে, না, আমি আপনাকে চিনি না। আমার ওয়ালে আপনার প্রোফাইল শো করেছিল, তাই আপনাকে ফ্রেন্ড রিকোয়েস্ট পাঠিয়েছি।

এভাবে একটা দুটো কথা চলে সেদিন। তারপর থেকে রোজ শ্রুতির খোঁজ নেয় আকাশ। শ্রুতির সাথে আকাশের আস্তে আস্তে বন্ধুত্ব হয়ে যায়। শ্রুতি আর আকাশ এক শহরে থাকে না, ইনফ্যাক্ট এক দেশেও থাকে না কিন্তু তবুও তাদের বন্ধুত্বের ক্ষেত্রে কোন অসুবিধা হয় না। আকাশ একটি প্রাইভেট কোম্পানিতে চাকরি করে।

আশীরো

এদিকে শ্রুতি একটি সরকারী অফিসে চাকরি করে। একটা সময় শ্রুতি নিজের পারিবারিক জীবনে অনেক সমস্যার সম্মুখীন হয়েছিল। কয়েক বছর আগে তার বিয়ে হয়েছিল, কিন্তু দুর্ভাগ্যবশত তার বিয়েটা টেকেনি। এখন সে তার বাবা-মায়ের সাথেই থাকে। যেহেতু সে বাবা মায়ের একমাত্র মেয়ে, তাই বাবা-মায়ের সব দায়িত্ব শ্রুতিরই।

আবার অন্যদিকে আকাশের উপরও অনেক দায়িত্ব আছে তার পরিবারের। একটা সময়ে এসে তারা দু'জনই ফিল করে যে, তারা দু'জন দু'জনকে ভালোবাসে। সে কথা তারা দু'জন দু'জনকে জানায়। তাদের ভালোবাসা যে অনেক বেশি গভীর, সেটা তারা নিজেরাও উপলব্ধি করে কারণ দু'জন দু'জনকে সামনাসামনি না দেখেই তারা গভীরভাবে নিজেদের বিশ্বাস করে, সম্মান করে, ভরসা করে।

আকাশ খেয়েছে কিনা? তার শরীর কেমন আছে? সে বাড়ি ফিরেছে কিনা?

এই সব বিষয়ে শ্রুতি খুবই খেয়াল রাখে। সকালবেলা যতক্ষণ না পর্যন্ত আকাশ মেসেজ করে জানায় যে সে খেয়েছে, শ্রুতির শান্তি হয় না।

অপরদিকে আকাশও শ্রুতিকে অনেক বেশি সাপোর্ট করে। তার সব বিষয়ে খেয়াল রাখে। শ্রুতি কোন কারণে মন খারাপ করে না খেয়ে থাকলে তাকে খাওয়ানোর আপ্রাণ চেষ্টা করে। এভাবেই তাদের দিনগুলো ভালোই চলছিল।

এদিকে আকাশের পরিবার থেকে আকাশের বিয়ের জন্য জোর করতে থাকে। আকাশ সেকথা শ্রুতিকে জানায়। কিন্তু শ্রুতির পক্ষে বাবা-মাকে একা রেখে আকাশের কাছে তার দেশে চলে যাওয়া সম্ভব হয়ে ওঠে না। এদিকে আকাশের ও পারিবারিক অনেক সমস্যা থাকার কারণে তার পক্ষেও সম্ভব হয় না নিজের দেশ ছেড়ে শ্রুতির কাছে গিয়ে থাকা। তাই একদিন আকাশ সিদ্ধান্ত নেয় যে সে কোনদিন বিয়ে করবে না। সারাজীবন যেভাবেই হোক দু'জন দু'জনের হয়েই কাটিয়ে দেবে।

কিন্তু পারিবারিক পরিস্থিতি এতটাই খারাপ হয়ে ওঠে যে সেই পরিস্থিতির কাছে বাধ্য হয়ে আকাশকে বিয়ের সিদ্ধান্ত নিতে হয়। মানসিক দিক থেকে আকাশ থেকে ভেঙে পড়ে। কিভাবে সে শ্রুতিকে এসব কিছু বলবে সেটা ভেবে পায় না। এদিকে বাড়ি থেকে আকাশের বিয়ের দিন ঠিক করে ফেলে। শ্রুতির সাথে কয়েকদিন থেকে ঠিকমতো কথা হয় না আকাশের। শ্রুতি ভেবেছে হয়তো আকাশ খুব ব্যস্ত। তাই সেও আকাশকে বিরক্ত করে না। ১৩ই

ফেব্রুয়ারি রাতে একটা অচেনা নাম্বার থেকে ফোন আসে শ্রুতির মোবাইলে।

এমনিতেই শ্রুতির মেজাজ ঠিক ছিল না, তাই সে ফোন ধরে না। পরপর কয়েকবার একই নাম্বার থেকে ফোন আসে। বাধ্য হয়ে শ্রুতি ফোনটা রিসিভ করে। ফোনের ওপার থেকে আকাশ বলে ওঠে, আমি তোমার দেশে এসেছি। বলো কালকে কোথায় দেখা হবে?

শ্রুতি যেন নিজের কানকে বিশ্বাস করতে পারে না। যেই মুহূর্তটার জন্য সে সব সময় অপেক্ষা করে। আজকে সত্যি সত্যি সেই মুহূর্তটা এসেছে। আকাশ এসেছে... সত্যি সত্যি সে আকাশ ছুঁতে পারবে?

এসব ভাবতে ভাবতে শ্রুতি ঘুমিয়ে পড়ে। পরের দিন সকালে ঠিক সময় মত আকাশকে যেখানে আসতে বলেছিলো, সেখানে চলে যায়। একটা অদ্ভুত উত্তেজনা হচ্ছিলো মনের ভেতরে। কখনো চোখ দিয়ে জল আসছে, আমার কখনো খুব আনন্দ হচ্ছে।

নির্দিষ্ট জায়গায় পৌঁছে দেখলো, আকাশ আগে থেকেই সেখানে দাঁড়িয়ে আছে। আগে যখন আকাশের সাথে কথা হতো তখন একদিন শ্রুতি আকাশ কে জিজ্ঞাসা করেছিলো, প্রথম যখন দেখা হবে তুমি কি করবে?

আকাশ বলেছিল- কিছু করবো না, শুধু তোমাকে অনেকক্ষণ জড়িয়ে ধরে অনুভব করার চেষ্টা করবো তুমি সত্যি, তুমি আমার কল্পনা নও।

সত্যি আজকে সেই মুহূর্তটা এসেছে। আকাশের সামনে যেতেই, আকাশ শ্রুতির দিকে বোকার মত কিছুক্ষণ তাকিয়ে থাকে। দুজনের চোখে জল, এভাবে কিছুক্ষন কাটার পরে আকাশ সত্যি সত্যি শ্রুতিকে জড়িয়ে ধরে, বাচ্চাদের মতো কান্না শুরু করে। শ্রুতি আকাশকে শান্তনা দেওয়ার অনেক চেষ্টা করে। বহুক্ষণ পর আকাশ কিছুটা শান্ত হয়, পাশে থাকা একটি বেঞ্চে দু'জনে বসে, শ্রুতি আকাশের জন্য নিজের হাতে আকাশের পছন্দের খাবার তৈরি করে নিয়ে এসেছিলো, সেগুলো শ্রুতি ও আকাশ দু'জন দু'জনকে খাইয়ে দেয়। একটা বিকেল আকাশের কাঁধে মাথা রেখে কাটাতে চেয়েছিল শ্রুতি। আজকে গোটা বিকেলটা শ্রুতি আকাশের কাঁধে মাথা রেখে কাটায়। একটা অদ্ভুত ধরনের শান্তি হচ্ছিল শ্রুতির মনে। দুজনে অনেকক্ষণ কোন কথা না বলে পড়ন্ত বিকেলে একে অপরের হাত ধরে বসে থাকে। বিকেল গড়িয়ে সন্ধ্যা হয়ে যায়। এবার শ্রুতিকে উঠতে হবে, কিছুতেই আকাশকে ছেড়ে যেতে ইচ্ছে করছে না। আকাশও চুপ করে বসে আছে অনেকক্ষণ, যেন ভেতরে ভেতরে ক্ষয়ে যাচ্ছে সে।

শ্রুতি আকাশের হাতে হাত রেখে তার কাঁধে মাথা দিয়ে বলে, আজকে ১৪ই ফেব্রুয়ারি ভালোবাসা দিবস। আমি ভাবতে পারিনি, আমার জীবনে কখনো এই দিনটা এতো খুশি নিয়ে আসবে। আজকে আমি অনেক অনেক খুশি। কথাটা শুনে আকাশ মাথা নিচু করে। তার দু'চোখ দিয়ে জল ঝরতে থাকে। শ্রুতি আকাশের মুখ উপর দিকে তুলে দুই হাতে তার চোখের জল মুছে দিয়ে বলে, কি হয়েছে সোনা। কখন থেকে এভাবে চুপ করে বসে আছো। কয়েকদিন থেকে ঠিকমত কথা পর্যন্ত বলোনি। কোন সমস্যা হলে আমাকে খুলে বলো। আমার খুব চিন্তা হচ্ছে। আকাশ শ্রুতি পায়ের কাছে বসে তার কোলে মাথা রেখে বলে অঝোরে কাঁদতে থাকে। শ্রুতি প্রচন্ড ঘাবড়ে যায়। ছেলেটার এমন কি হয়েছে, সেটা ভেবে শ্রুতি আকাশকে শান্ত করার চেষ্টা করলে আকাশ তাকে শক্ত করে জড়িয়ে ধরে বলে, আমি পারলাম না পাগলি, আমি হেরে গেলাম। বাড়ি থেকে কিছুতেই মানলো না। মা খাওয়া-দাওয়া ছেড়ে দিয়েছিল, আমি কি করবো কিছুই বুঝতে পারছিলাম না। তাই আমি বলেছি, তোমরা যা ভালো মনে করো তাই করো। ওরা আমার বিয়ে ঠিক করেছে। আমি তোকে ছাড়া থাকতে পারবো না। তাই আমি তোকে নিতে এসেছি, তুই আমার সাথে চল, আমি কথা দিচ্ছি আমি সব ঠিক করে দেবো। পাগলী প্লিজ, তোর পায়ে পড়ি তুই আমাকে ফিরিয়ে দিস না। এই বলে আকাশ আরো শক্ত করে জড়িয়ে ধরে শ্রুতিকে।

শ্রুতির সারা শরীর কাঁপছিল। সে আকাশকে জোর করে নিজের থেকে আলাদা করে বলে, আমি পারবো না, আমি কিছুতেই পারবো না, মা বাপি-কে একা ফেলে কিভাবে যাই বলো?

তুমি তো জানো, আমার ডিভোর্স হওয়ার পর বাপি খুব অসুস্থ হয়ে পড়ে। এর জন্য বাপির চাকরিটাও চলে যায়। আমি চাকরি না করলে, ওদের কিভাবে চলবে।

কিন্তু আমি?

কিভাবে থাকবো তোকে ছাড়া।

ঠিক থাকতে পারবে, তোমার বাড়ির লোক তো ঠিক কাজই করেছে, আমি তো কোনোদিনই তোমার কাছে যেতে পারবো না।

কিন্তু তুমি দেখো, তোমার বউ খুব মিষ্টি হবে। তোমাকে খুব ভালোবাসবে আর তখন এই পাগলীটার কথা তোমার মনেও থাকবে না। আকাশ এবার নিজেকে একটু শক্ত করে বলে, তুই আমাকে ছেড়ে থাকতে পারবি?

সত্যি করে বল, আমার কথা একটুও মনে পড়বে না?

শ্রুতি নিজেকে অনেক বেশী শক্ত রেখে বলে, তোমার খুশির জন্য আমি তোমার থেকেও দূরে থাকতে পারবো। আকাশ আর কিছু বলে না, ব্যাগ থেকে শ্রুতির জন্য আনা নীল শাড়ীটা বের করে শ্রুতির হাতে দিয়ে বলে, তোমার জন্য এনেছিলাম। ভেবেছিলাম এটা পড়ে তুমি আমার সাথে আমার বাড়ি যাবে। এ কথা বলে চোখের জল মুছে আকাশ বলে, যদি পারো নিজের কাছে রেখে দিও, ইচ্ছা হলে পোড়ো। পারলে আমাকে ক্ষমা করে দিও, একথা বলে আকাশ সেখান থেকে দ্রুত বেড়িয়ে যায়। শ্রুতির মনে হচ্ছিল তার পুরো পৃথিবীটাই যেন অন্ধকার হয়ে গেছে। আজকে ভালোবাসার দিনে তার জীবন থেকে চিরদিনের জন্য ভালোবাসা হারিয়ে যাচ্ছে। বহুক্ষণ পাথরের মতো চুপ করে বসে থাকে শ্রুতি। বহুক্ষণ পর কোনরকমে টলতে টলতে নিজের বাড়িতে যায় সে।

এদিকে সে রাতেই আকাশ নিজের বাড়ির উদ্দেশ্যে রওনা দেয়। এভাবে কয়েক দিন কেটে যায়। দু'জনের কেউ কারো সাথে কথা বলে না। তাহলে কি তাদের ভালোবাসা হেরে গেল?

সত্যিকারের ভালোবাসা কি কখনো হারতে পারে?

হয়তো পারে না।

দেখতে দেখতে আকাশের বিয়ের দিন কাছে চলে আসে। আজকে আকাশের বিয়ে। সকাল থেকে শ্রুতি নানা কাজে নিজেকে ব্যস্ত রেখেছে, যাতে সে কষ্টটা একটু হলেও ভুলতে পারে। কিন্তু বুকের ভেতরে একটা তোলপাড় চলছে। শ্রুতি চায় যে, আকাশ ভালো থাক, সুখী থাক কিন্তু তবুও অবুঝ মন কিছুতেই মানতে চাইছে না।

বিয়ে করতে যাওয়ার আগে আকাশ শ্রুতিকে ভিডিও কল করে। শ্রুতি দেখছে যে, আকাশ বর সেজেছে। কি সুন্দর লাগছে তাকে। শ্রুতির চোখে জল চলে আসে। তবুও সে হাসিমুখে আকাশের সাথে কথা বলে। আকাশ শ্রুতিকে বলে– আমি পারলাম না, তোমাকে নিজের করে রাখতে। আমাকে কখনো ক্ষমা করো না তুমি।

একথা শুনে শ্রুতি বলে– কে বলেছে তুমি পারোনি, শুধু পেয়ে যাওয়ার নামই কি ভালোবাসা, অপেক্ষা করার নাম ভালোবাসা নয়?

যে কোন জিনিস যেটা আমাদের কাছে অমূল্য সেটা যখন আমরা পেয়ে যাই তখন সেটা অ-মূল্য হয়ে যায় অনেক সময়। সত্যিকারের ভালোবাসা কখনো পাওয়া না পাওয়ার উপর নির্ভর করে না। তোমার সব জিনিসের

উপর আমার অধিকার হয়ে যাওয়ার নামই ভালোবাসা?

তোমার জন্য ভগবানের কাছে প্রার্থনা করার নাম ভালোবাসা নয়?

তুমি খুশি আছো, এটা ভেবে আমার খুশি থাকার নাম ভালোবাসা নয়?

ভালোবাসা অনেক বড় একটা অনুভূতি। সেটা অনুভব করতে হয়। ভালোবাসার জবাব ভালোবাসা ছাড়া আর কিছু হয় না। তুমি যত দূরেই থাকো, তুমি আমার সবথেকে কাছে থাকবে কিন্তু তুমি আজকে আমাকে একটা কথা দাও, সে মেয়েটাকে তুমি বিয়ে করে নিয়ে আসছো, তাকে যোগ্য সম্মান ও ভালোবাসা দেবে। তাকে যদি কখনো ছোট করো তাহলে আমি, আমাদের ভালোবাসা অনেক ছোট হয়ে যাবে। সেটা আমি কখনো সহ্য করতে পারবো না।

আজকে আকাশের কুড়িতম বিবাহবার্ষিকী। আকাশ নিজের জীবনে সব দায়িত্ব পালন করেছে। নিজের স্ত্রী ও মেয়েকে ভালোবাসা ও সম্মান দিয়েছে। গুছিয়ে সংসারও করেছে। সবই করেছে কিন্তু মনের মধ্যে একটা শূন্যতা সব সময় অনুভব করে সে, শ্রুতির জন্য কিছুই করতে পারল না, এই অনুভূতি তাকে শান্তি দেয় না।

এদিকে শ্রুতির এখন কোনো পিছুটান নেই। সে এখন একা কিন্তু এই পিছুটানের জন্য সে একদিন নিজের সবথেকে প্রিয় মানুষের কাছে যেতে পারেনি। এই অপরাধ বোধ আস্তে আস্তে শ্রুতি-কে শেষ করে দেয়। নিজের জীবন প্রায় শেষ হয়ে আসছে এটা প্রতি মুহূর্তে বুঝতে পারে শ্রুতি। খুব লোভ হয় একবার আকাশ এর কাছে যাওয়ার।

আকাশ শ্রুতির যখন নিয়মিত কথা হতো, তখন আকাশ একদিন বলেছিলো যে সে ওল্ড এজ হোম খুলতে চায়। তখন শ্রুতি মজা করে বলেছিল, সে আকাশের তৈরি করা ওল্ড এজ হোমে বুড়ো বয়সে গিয়ে থাকবে।

অনেক বছর পর সত্যি সত্যি শ্রুতি আজকে এসেছে নিজের দেশ ছেড়ে, তার প্রিয় মানুষের কাছে, তারই তৈরি করা ওল্ড এজ হোমে থাকতে। দূর থেকে আকাশকে দেখে সে ইচ্ছা করছিল ছুটে গিয়ে জড়িয়ে ধরতে কিন্তু এত বছরে সব থেকে কাছের মানুষটা তো অন্য কারো হয়ে গেছে। আকাশ ওল্ড এজ হোমে এসে শুনতে পারে একজন মধ্যবয়স্ক অসুস্থ মহিলা অনেক দূর থেকে এসেছে। কথাটা শুনে আকাশের কেন যেন শ্রুতির কথা মনে পড়ে। অসুস্থ কথাটা শুনে বুকের ভেতরটা মোচড় দিয়ে ওঠে। সাথে সাথে সে মহিলার সাথে দেখা করার ইচ্ছা প্রকাশ করে আকাশ।

বহু বছর পরে, শ্রুতির সাথে আকাশের দেখা হয়। শ্রুতিকে দেখে আকাশের মনে হয় এতগুলো বছর যেন কঠিন তপস্যা করে নিজেকে তিলে তিলে ক্ষয় করে ধ্বংস করেছে শ্রুতি। আকাশ নিজের চোখের জল আটকে রাখতে পারে না। শ্রুতি বলে– তোমার কোলে মাথা রেখে আমি এই পৃথিবী ছেড়ে যেতে চাই। এটুকু অধিকার আমাকে দেবে?

বহু বছর পর আকাশ শ্রুতিকে জড়িয়ে ধরে বলে, পাগলী আমার জীবনে তোমার আজকেও আগের মতই পূর্ণ অধিকার আছে। বিয়ের দিন বিয়েতে বসার আগে আমি মোহনাকে তোমার কথা সব বলেছি, এত বছরে মোহনা তোমাকে নিজের দিদির মতোই ভালবেসেছে, সম্মান করেছে। আমাকে বলেছে, দিদি যদি কখনো ফিরে আসে তাহলে যেন এই বাড়িতে এসে থাকে। তাতে মোহনার কোনো আপত্তি নেই। শ্রুতি মনে মনে শান্তি পায়। একটা ভালোবাসার দিনে সে ভালোবাসার মানুষকে হারিয়ে ফেলেছিল, আবার এমনই একটা ভালোবাসার দিনে তাকে ফিরে পেয়েছে। সেদিন আবারও আকাশের কাঁধে মাথা রেখে একটা বিকাল কাটায় শ্রুতি। রাতে অনেক কথা হয় তাদের। একসাথে দু'জনে খায়, বহু বছর পরে আবার দু'জন দু'জনকে খাইয়ে দেয়। সে রাতে কিছুতেই আকাশ শ্রুতিকে ছেড়ে যেতে চাইছিল না। শ্রুতিকে দেখে তার কেন যেন ভয় হচ্ছিল। মনে হচ্ছিল এবার হারিয়ে গেলে আর কখনো শ্রুতিকে খুঁজে পাবে না সে। বহু সাধ্য সাধনা করে আকাশকে বাড়ি পাঠায় শ্রুতি। কিছুতেই ঘুম আসে না আকাশ এর। শেষ রাতে ফোন আসে সব শেষ। আকাশ কোনোরকমে ছুটে শ্রুতির কাছে পৌঁছায়। এসে দেখে শ্রুতি পরম নিশ্চিন্তে ঘুমিয়ে আছে। তার পড়নে সেই নীল শাড়িটা, যেটা আকাশ তাকে দিয়েছিল। হোমের একজন পরিচালিকা বলে দিদি অনেক রাতে হঠাৎ জেদ করলেন যে তাকে এই শাড়িটা পড়িয়ে দিতে হবে। আমি শাড়ি পড়িয়ে দেওয়াতে সে কি খুশি। বলছিলেন, আমাকে সুন্দর লাগছে তো?

তারপর আমি ঘরে চলে যাই। কিছুক্ষণ পরে চিৎকার শুনে এসে দেখি সব শেষ। আকাশ পাথরের মতো দাঁড়িয়ে থাকে। কিছুক্ষণ পরে মোহনা এসে নিজের সিঁদুর কৌটোটা আকাশের দিকে এগিয়ে দিয়ে বলে- আমার সিঁদুর কৌটো থেকে তুমি দিদিকে সিঁদুর পড়িয়ে দাও। সারাজীবন তো দিদি অপেক্ষা করে গেলো, আজকে অন্তত সেই অপেক্ষার অবসান হোক। আকাশ কাঁপা কাঁপা হাতে শ্রুতির সিঁথিতে সিঁদুর পড়িয়ে দেয়। এবার শ্রুতিকে জড়িয়ে ধরে পাগলের মতো কাঁদতে থাকে আকাশ। মোহনা দূরে দাঁড়িয়ে দু'জন ভালোবাসার মানুষের মিলন হতে দেখে। সারাজীবন যারা নিজেদের দায়িত্ব,

আশীরো

কর্তব্য পালন করতে গিয়ে ভালোবাসাকে অপেক্ষার নাম দিয়ে রেখেছিল। তাদের ভালোবাসা আজকে সত্যি সত্যি পূর্ণতা পেল।

লেখক পরিচিতি

লেখক পরিচিতি- লেখিকার জন্ম জলপাইগুড়ি জেলার ময়নাগুড়িতে। ময়নাগুড়ি বালিকা বিদ্যালয় থেকে উচ্চমাধ্যমিক পাশ করার পর বাংলা বিষয়ে অনার্স নিয়ে জলপাইগুড়ি আনন্দচন্দ্র কলেজ থেকে বি.এ পাশ করেছেন। তারপর বর্ধমান ইউনিভার্সিটি থেকে বাংলা বিষয়ে এম.এ, ধূপগুড়ি পি.টি.টি.আই থেকে ডি.এল.এড এবং হিমাচল প্রদেশ ইউনিভার্সিটি থেকে বি.এড করেছেন। বর্তমানে বৈবাহিক সূত্রে জলপাইগুড়ির বাসিন্দা। ময়নাগুড়ির একটি স্কুলে বাংলা বিষয়ের শিক্ষিকা। শখ বলতে বই পড়া, গান শোনা, ঘুরতে যাওয়া, এছাড়া স্কুলে বাচ্চাদের সাথে সময় কাটানো, বাড়িতে পরিবারের সাথে সময় কাটানো ভীষণ পছন্দের। কবিতা ও গল্প দুটো নিয়ে লেখালেখি করলেও গল্প লিখতে বেশি পছন্দ। সহজ ভাষায় গল্পের মাধ্যমে সমাজের বিভিন্ন স্তরের মানুষের জীবনযাত্রার ছবি, তাদের ভালোবাসা, ছোটো ছোটো আবেগ ফুটিয়ে তুলতে চেষ্টা করেন। প্রথম লেখা প্রকাশ পায় নেটফড়িং এর পুজো সংখ্যায়। এছাড়া আরো কয়েকটি পত্র-পত্রিকায় নিয়মিত লিখছেন।

লেখক পরিচিতি

লেখিকা- সম্পা চ্যাটার্জী

লেখক পরিচিতি

ফড়িং কথা

অনলাইন ও অফলাইন ম্যাগাজিনের পাশাপাশি নব উদ্যমে শুরু হল নেট ফড়িং সম্পাদিত একক বই এর কাজ। এই আঙ্গিকে প্রকাশিত হল একক গল্পগ্রন্থ 'আশীরো'। লেখিকা নেট ফড়িং এর অন্যতম কলম সৈনিক সম্পা চ্যাটার্জী। নেট ফড়িং এর ওপর বইটি সম্পাদনা ও প্রকাশ করার গুরুভার অর্পণ করার জন্য অসংখ্য ধন্যবাদ লেখিকা-কে। আশা রাখছি পাঠকরাও একইভাবে বইটিকে ভালোবেসে আপন করে নেবেন। শুভেচ্ছা ও অভিনন্দন জানাই প্রিয় লেখিকা সম্পা চ্যাটার্জী-কে। আপনার লেখনী সমৃদ্ধ করুক বাংলা সাহিত্য-কে।

-টিম নেট ফড়িং

নেট ফড়িং

একক বই এর নেপথ্যে-

আপনার একক বই এর জন্য লেখার পাণ্ডুলিপি পাঠান বাংলাতে টাইপ করে বা ডক ফরম্যাটে Whats App বা Mail এ। পাণ্ডুলিপির সাথে লেখকের নাম-ঠিকানা, ফোন নম্বর ও মেইল আইডি থাকা আবশ্যিক। পাণ্ডুলিপি মনোনীত হলে মেইল এর উত্তর পাবেন। বিস্তারিত জানতে যোগাযোগ করুন।

Whats App- 7501403002

Mail Id- netphoring@gmail.com

নেট ফড়িং এর প্রতিটি সংখ্যা পড়তে ক্লিক করুন নেট ফড়িং এর ওয়েবসাইট www.netphoring.com এ। নেট ফড়িং এর ব্লগে লেখা পোস্ট করতে মেইল করুন netphoring@gmail.com এ। লেখার ওপর উল্লেখ করুন নেট ফড়িং ব্লগ।

পাঠকের মতামত নেপথ্যে-

কি করে জানাবেন আপনার মতামত, কেমন লাগছে নেট ফড়িং এর অনলাইন ও অফলাইন সংখ্যা? কেমন লাগছে নেট ফড়িং সম্পাদিত বইগুলো? আপনার মতামত জানিয়ে মেইল করুন আমাদের netphoring@gmail.com এ সম্পাদকীয় প্রসঙ্গে মতামত জানাতে মেইল করুন sealbikram9@gmail.com এ। হোয়াটস আপ করতে পারেন ৭৫০১৪০৩০০২ এই নম্বর এ। আপনাদের মতামতই আমাদের চলার পথের অনুপ্রেরণা।

আমাদের ফেসবুক পেজ এর লিঙ্ক https://facebook.com/netphoring

আমাদের ওয়েবসাইটের লিঙ্ক https://www.netphoring.com/

www.ingramcontent.com/pod-product-compliance
Lightning Source LLC
LaVergne TN
LVHW041552070526
838199LV00046B/1930
* 9 7 9 8 8 8 7 0 4 7 0 1 0 *